KB267674

길에서 만나다

walk with me

길에서 만나다

walk with me

글·그림 쥬드 프라이데이

2 굿나잇 혹은 굿모닝

예담

은희수

(데뷔하지 못한) 시나리오 작가.
영화에 대한 꿈을 포기하려는 마음을 가진 계절, 우연히 미키를 만나게 된다. 회는 싫어하지만 초밥은 좋아한다.

호시노 미키

프리랜서 사진 작가.
제이를 다시 만나고 싶은 마음에 서울에 왔지만, 은희수를 만나 산책을 하고 이야기를 나누며 진정으로 자신이 원하는 것이 무엇인지 발견하기 시작한다.

강예나

영화배우.
옛 연인이자 무명 시절 자신의 데뷔를 도와준 은희수가 자신의 시나리오로 메가폰을 잡을 수 있도록 돕는다.

제이

일러스트레이터.
긴 방황의 시간 속에 미키를 만나지만 새로운 시작을 위해 여행을 떠난다. 그리고 몇 년 뒤, 서울에서 우연히 미키를 다시 만난다.

손상준

옛 연인이 돌아오길 기다리며 '카페 길만'을 운영한다.
은희수와 그의 고양이에게 무료 식사를 제공한다.

민소희

어느 날, 손상준의 카페에 나타나 동업을 제안, 폐업 위기의 카페를 구한다.

포우

어디선가 나타나 은희수와 동거를 시작한 검은 고양이.

차.례.

종로구 신문로 경희궁길

24
백만 마디에 한 번

희수 씨!
아직 도망 안 갔네? 사무실에 안 보이기에 또 잠수 탔나 했지?
CF 퀸은 요새 꽤 한가해 보이네?
그러게. 괴상한 영화에 출연한다고 광고주가 싫어하나봐.
아니, 그러니 누가 이런 괴상한 영화에 출연하래?

늘 감동 받아. 희수 씨가 아니면
와, 정말 희수 씨는 대단한 것 같아.

내가 어디 가서 이런 대사를 들을 수 있겠어?
뭐 이 정도 가지고….

회의는 어땠어? 스태프들은 다 괜찮고?
응, 그럼. 손발이 착착 맞아.

호오, 정말?
아무렴.

회 의 실

멍

형님, 계약서에 사인하셨어요?
응, 이 회의 들어오기 바로 전에. 너는?
형님 나오고 제가 들어갔잖아요.
왠지, 사인이 너무 예쁘게 그려지더라니….
그냥 말발만 센 걸 거예요. 그렇죠?
그게… 아닌 것 같아서 말이지.
네, 그냥 그랬으면 좋겠다고 생각해봤어요.
이제 어디로 가?
네가 가려는 반대 방향.
어머, 같은 방향이네?
어째서냐.

어머, 이게 뭐야! CDP? 아직도 이걸 들고 다녀?
아니, 스마트폰은 왜 들고 다니는데?
아, 그게.
난 아직 손으로 만질 수 있는 게 좋다고 할까.
혹은 스마트폰에 음악 넣는 법을 모른다거나?
아,
움찔
시도는 해봤는데…
내참, 어이가 없어서. 휴대전화 줘봐!
아, 그것보다 계정은 있어?
계정? 은행에 돈이 없을 텐데.
끼익
그건 계좌고!!!
자, 이제 동기화 시작!
호오~

자, 다 됐어.
벌써?
그럼, 이것도 부탁해.
이걸 다 듣고 다녀? 몇 세기에 살고 있는 거야!
대신 이 CD들 다 줄게.
그 음악들 이미 노트북에 다 리핑됐거든?
오 맞아, 리핑. 내 노트북은 그게 잘 안 되더라고.
설마 5년 전에 쓰던, 부팅하는 데 10분 걸리는 그 노트북은 아니겠지?
지금은 한 20분 정도 걸려.
웬만하면 좀 바꾸지 그래?
정이 들어서.
끼익

무슨 애완견도 아니고 부팅하는 데 20분 걸리는 노트북에 정을 주고 그래?
열 장도 넘는 CD를 케이스째 가방에 넣고 다니질 않나, 자기가 무슨 DJ야?
분명히 5년 전에 커피 내리던 깨진 드리퍼도 안 바꿨을 거야.
궁시렁
궁시렁

확실히 휴대전화로 음악을 듣는 건 편리한 일이지만

발매일을 기다렸다가 음반을 사서 비닐 포장을 뜯고
주차금
주차

나를 그렇게 챙겼어봐, 우리가 왜 헤어졌겠어?

갑자기 왜 그 이야기로 번지는 거야?

플라스틱 케이스를
여는 순간 코끝으로
스쳐 가는 속지의
잉크 냄새.
그리고,

조심스럽게
반짝이는 CD를 꺼내
플레이어에 넣고
재생 버튼을 누르는
순간의 가벼운
두근거림.

어쩌면,

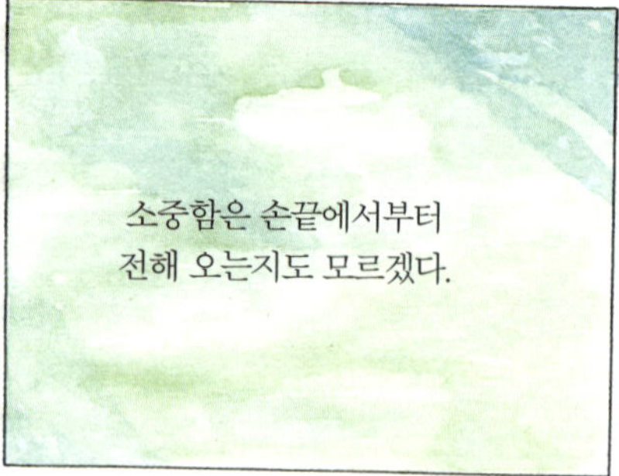

소중함은 손끝에서부터
전해 오는지도 모르겠다.

와, 여기 정말 오랜만이다.

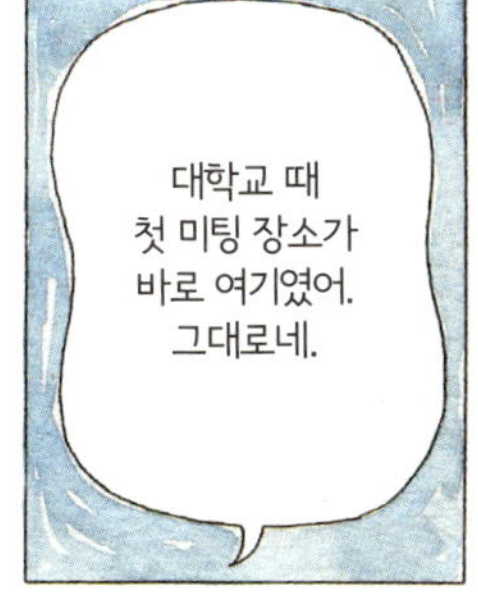

대학교 때 첫 미팅 장소가 바로 여기였어. 그대로네.

아, 아련하구나…
추억이란 좋은 것이야.

제비뽑기로 상대를 정하는 미팅이었는데,

부디 훈남이시길!

성곡미술관에서 만나요

아아, 그냥, 부디 '정상'이시길.
← 김샜음

미술관에서 만나자는 말이 왠지 모르게 부담스러웠어. 보통은 그냥 카페잖아.

빼꼼

왔어요? 반가워요.

그런데 내 불안감은
그저 기우였을 뿐,
미팅에 나온 사람은
아주 멀쩡한 사람이었어.
안녕하세요.
처음
뵙겠습니다.
난 그쪽 알아요.
학교에서
꽤 유명하잖아요.
아, 좋은 쪽으로
말이에요.
그 사람은
아주 아주 아주…
착한 사람이었어.
너무 착한 게
탈이었군.
안 봐도 비디오야.
이그젝틀리.
아무튼
참 불합리한
것 같아.
왜 여자들은
착한 남자
착한 남자에게서는
매력을 못 느낄까?

내가 아무리
못되게 굴어도
그는 언제나

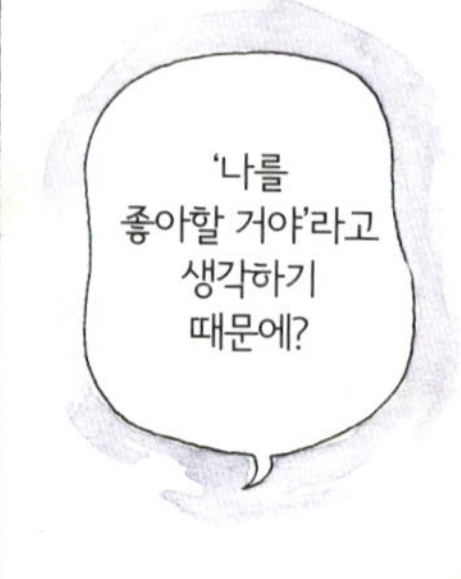

'나를
좋아할 거야'라고
생각하기
때문에?

응?

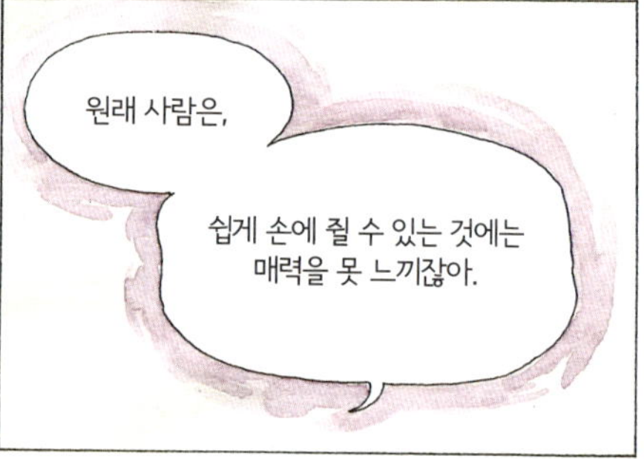

원래 사람은,
쉽게 손에 쥘 수 있는 것에는
매력을 못 느끼잖아.

편안함보다는
불안함이 마음을
더 설레게
만드는 게 아닐까?

또 있어.

적어도
나한텐
또 다른 이유가
있어.

뭔데?

쳇.
이기적이고 차가운 마음은 잘 변하지 않지만

선량한 마음은 결국 자신이 먼저 지쳐 버리고 말거든.
가족의 책임
친구의 부탁
친구의 친구부탁
아버지의 부탁
엄마의 부탁
선배
그녀의 친구의 부탁
후배의 부탁
행인의 부탁
그녀의 부탁
직장 동료의 부탁
아아, 이제 그만.
더 이상은 힘들어!

매일 차갑게 대하다가도
아주아주 가끔씩 따뜻함을 보여주면,
생일 선물이야. 내가 1년 동안 기른 거니까 죽이면 곤란해.

아, 역시 난 이 사람을 좋아하나봐!
아 우 아 우
라고 생각하는 거지. (바보처럼!)

반면에 매일 친절한 모습만 보이다가

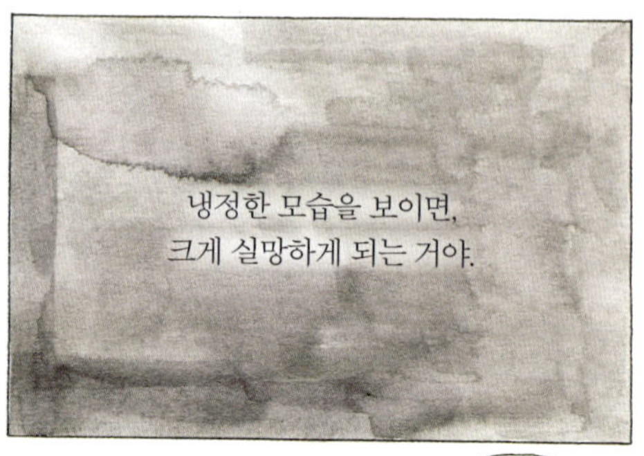

냉정한 모습을 보이면,
크게 실망하게 되는 거야.

좀
적당히 해.

아주 크게.

언젠가 느낄
실망을
기다려야
한다니
너무 끔찍하잖아.

저 사람이 언제 변할까,
불안해하는 게 싫거든.

차라리

그래서
난 착한
사람이 싫어.

차가운 사람에게 듣는
백 마디, 아니

백만 마디에
한 번 있을까
말까 한
따뜻함을
기다리는 게
더 좋아.

백만 마디에
한 번은
너무하잖아.

아,
역시
물집
생겼네.
아파라.
저녁에 촬영인데
신경 쓰이겠네.
그런 높은
힐을 신으니까
그렇지.
역시 냉정한
사람.
그 선배였다면
에휴~
당장
업히라고
했을 텐데.
미안해. 그런
친절은 상상조차
못해서.
털썩
됐어.
어울리지도 않는
친절은 내가
사양하겠어.
다행이네.

그만 가야겠다.
저녁에
녹화 있거든.
희수 씨는 안 가?
난 콘티 좀
더 짜고
가야 할 것
같은데?

그래? 그럼 혼자
절뚝거리며
내려가야겠네~

힐을 벗으면
되잖아.
간단한걸
가지고..

악당.

맨발로 걷는 게
얼마 만이지?
따뜻하고
간지러운 감촉.

이런 걸로도
기분이 좋아지다니
재밌네.

발은 심해요?
밴드 사오긴
했는데.

여기 있는지
어떻게 알았어?
미행이라도
한 거야?

"CF 퀸 뒤꿈치 부상,
성곡미술관 앞
대기 요망"
이라고
문자 왔는데요?

하여튼, 문자 센스 하고는.
여기가 무슨 군대야?

빨리 가요. 길 막힐 시간이에요.
흠, 백만 마디에 한 번은 역시 너무했나?

뭐라고 했어요?

응~
역시 좋아하고 있구나, 라고 했어.

그건 못 들은 걸로 할게요.
촬영 전부터 스캔들 나면 골치 아파요.

네에~ 네.
여부가 있겠습니까.

귀가….

25
의외의 센스

다녀왔습니다.
!
네가 이 시간에 집에 있다는 건 밥이 있다는 거지? 고로, 미키가…
!!!
아, 희수 씨 이제 와요?
뭐예요, 그건?
예전에 찍은 사진인데 방이 허전해서 좀 크게 인화했어요.
저기…
에?
빤히──

그거
나 줄래요?

이번 달
방세로.

진심이에요?

마음에 들면
그냥
줄게요.

사진이나
그림이 좋은
점은

상상할 수
있게 해준다는
거예요.

나뭇잎이
바람에
서로 부딪혀,

마치
쏴아 하는
소리가
들리는 것
같아요.

아주,
멋지네요.

사진을
선물하긴
처음이에요.

아, 저녁에
카레 했는데
괜찮으면
먹을래요?

오, 미키,
그거 알아요?

네, 알아요.
카레 좋아하죠?

내가 언제
말한 적
있나요?
긁적
긁적

글쎄요?

아, 나도
선물이…

Jay

누구지?
미키,
전화 왔어요.

너무 늦게
미안해요.

혹시
자는 거
깨웠나요?

아뇨.
무슨 일
있어요?

실은 오늘 밤
잡지 나온다고
해서요.
내일 아침
만나서
같이 보면
좋을 것 같아서요.
어때요?

아!
벌써요?
좋아요!
좋은
생각이에요.

?
아-

그래요,
그럼 내일
봐요.
잘 자요.

통화종료
03:30
Jay

아, 드디어 내일!!!
두근
두근

잘 먹었습니다~

좋은 일 있나봐요?
후아~ 배불러.

제이예요. 오늘밤 잡지가 나오는데 내일 만나서 같이 보자고.
전 오늘인지 몰랐거든요.

그래요? 축하해요. 아주 좋은 소식이네요.
내일 저도 보여줘요.

잘 나왔으면 보여줄게요.
잘 나왔으면!

그럼, 볼 수 있겠네요.
분명.

놀리지 마요.
더 불안해지네요.
띠씩 -
희수 씨 촬영은 언제부터 시작이에요?
다음 달이면 시작할 것 같아요.
꾸벅
희수 씨도 곧 바빠지겠네요.
전투…
예요.
?
희수 씨, 자요?
그는 마치 치열한 전투를 마치고 나무 그늘에서 쉬고 있는

젊은 병사처럼
보였다.

우리는 늘
무언가와
싸우고 있지만

사실 그 대상을
모를 때가 많다.

하지만 그는 분명해 보였다.

그는 스스로와
싸우고 있었다.

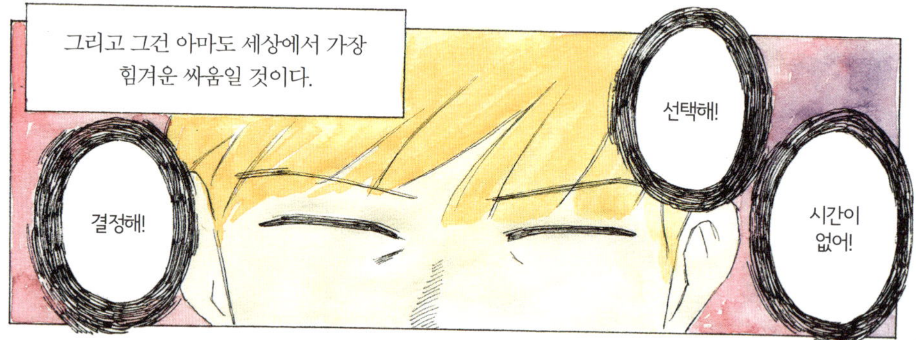
그리고 그건 아마도 세상에서 가장
힘겨운 싸움일 것이다.

선택해!

결정해!

시간이
없어!

하긴, 그걸 즐기는 것 같기도 하지만.
진심이야?
최근엔 희수 씨의 눈에 생기가 돈다.

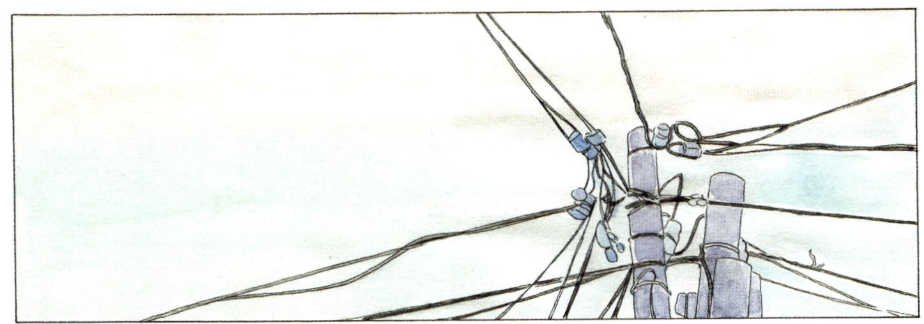

24

NATIONAL GEOGRAPHIC
Traveller
행복이 가득
MAXIM
Tour de Monde
GQ
Travel
잡지 · 만화

뜨거운물 주의

다녀왔습니다.

희수 씬
벌써
나갔나?

양~

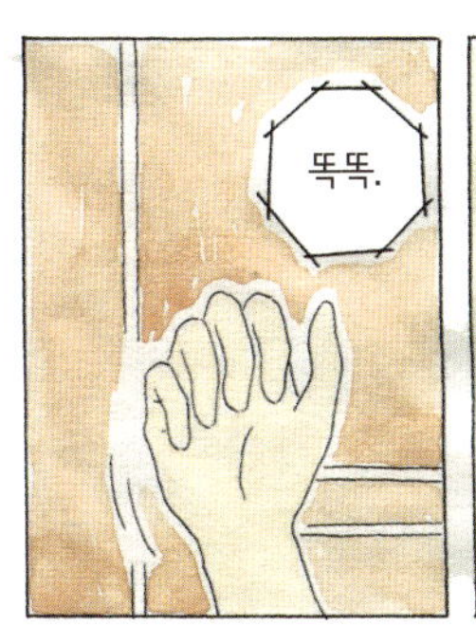

똑똑.

실례
합니다~

잡지만 두고
갈게요.
보여줘도
될 것
같아요!
Travel

응?
Travel

아침에 벌써
사 왔나?
근데
왜 두 권이지?

저도
선물 있어요.

그럼
볼 수
있겠네요.
분명.

의외로

센스쟁이인지도?
?

종로구 사직동 사직공원

26

그 입이 문제야

은 감독, 어디야?
지금 사무실 들어가는 중인데요?
아, 그래? 그럼 들어오면 얘기하자. 빨리 와.
이메일로 이미 말씀드렸지만 저 그 신 찍을 건데요?
난 네가 이 아침에 왜 전화했는지 알고 있다.
야! 너 정말 이러기야? 러닝타임 줄여야 한다니까!
별로 중요한 신도 아니잖아!
잉?
어차피 편집에서 날아갈 거 왜 생고집을 부리고 그래!
아니, 가만. 왜 편집에서 날아갑니까? 누구 맘대로?
설마 편집에서 날 뺄 생각은 아니겠죠?!!!
오늘 같아선 내 인생에서 빼고 싶은 심정이다, 인마!

(질까보냐?)
인마! 그럼 말을
좀 듣든가,
이것도 저것도
싫으면
니 돈으로 찍든가!
오, 세게
나오는데?
그럼 집에서
키우는 개
데려다
찍으세요.
으아
왜 안 나오나 했다.
은희수 개고집.
이제야
은희수랑
일하는 것
같네.
푸一
푹
제발 철 좀
들어라
은희수야아~
그리고 난 집에서
금붕어 키우잖아.
니가 낮술 먹고
나 닮았다며
사 온 금붕어,
이 자식아!
아, 이런.
오늘 계약금
들어오는
날이잖아.
좀 참을걸
그랬나?
근데 김 피디가
개를 길렀던가?
모르겠다
밥이나
먹으러가자
딸랑
어서
오세요!!!

런치세트 이벤트 중입니다만,
주문이 밀려서 조금 기다리셔야 합니다.
맛있지?
응!
여기 좋아요.
네.
응.
내일 또 오자.
괜찮지?
뭐지? 이 낯선 풍경은? 저 여성 분은 또 누구며.
그동안 여기, 무슨 일이 있었던 거야?
아무 일도 없었어. 생존을 위해 쓸데없는 고집을 버렸을 뿐.
달그락 달그락
달그락
그거, 누군가에게 새겨들으라고 하는 말 같은데?
그냥 내 기분 탓이야?
넌 지금 수많은 영화감독 지망생들이 꿈꾸었던 순간에 서 있다는 걸 알아야 해.
인정하고 싶지는 않지만
넌 재능이 있고
그 재능을 발휘할 열정도 있어.
게다가 기회도 잡았지.
다만,

다만?

다만
늘 그 입이
문제야.

내 입이
뭐가
어쨌는데?
심기가
뒤틀리기
시작했음.

마음은 그렇지
않으면서
늘 쓸데없는
고집을 피우고,
일부러 차가운
말만 골라서
내뱉지.
니가 얼마나
냉정하게
말하는지
알아야 해.
절레
절레

내참,
무슨 소릴
하는 건지.
오늘따라
진지해져가지고.
어울리지도
않게.

봐, 무슨 소리인지
뻔히 알면서도
입은 빈정대잖아.

아니, 대체
영화 찍는 거랑
그게 무슨
상관이야!
버럭

넌 기회가 왔을 때마다
늘 그런 태도로
걷어차버렸잖아!
그렇게 쉽게
내던져버릴 만큼
하찮은 일이었어?
화르르

?

됐어,
그만해.
간다.
공짜밥 먹으러
왔다가 이게
무슨 봉변이람
쳇
드르륵
가긴 어딜 가!
밥 먹고 가!
밥을 먹어야
가서 또 싸우지!
탁!
그럴까?
이왕
만든 거
먹어주지.
배고픔의
고통을 알고있는
1人
그래도 이번 건
날리면 다신
밥 안 줄 테니
그런 줄 알아!
네 고양이도!
왜 그러니
포우?
뭔가
불길한...
양!
아니,
고양이가
무슨 죄람.
냠냠
허구한 날
무전취식
제공하는
난 무슨 죄냐.
너무 신경 쓰지 마.
괜히 부러워서
한번 질러본 소리니까.
아ㅡ 난
마음이
약해서
탈이야
달그락
달그락
개뿔.
그 말이
더 신경 쓰여.
오물
오물
체하겠네.
밥주고
약주냐.

저예요.
얼마나 줄이면
됩니까?
30분.

야, 그래도 두 시간이
남잖아! 두 시간이 짧은
러닝이냐? 니가 무슨
제임스 카메론이야?
이게 아주
자주 받은
걸작 이라도
찍을 작정인가

너무한 거
아니에요?
화해의 손을 내밀었더니
거기에
침을 뱉어?

그럼, 대신
편집권은
주세요.
협상은
여기까지입니다.
원래 자기 걸
뭘 또 달래?
아무튼 약속한 거다.
헉!
뚜—
뚜—

아, 역시
피는 물보다
진하구나.
짜다, 짜.
비겁한
형제 같으니.

고맙다, 동생아.
덕분에 러닝
30분을 줄였다.
핫 하 하
#
#
러닝 30분이면
10억 이야
10억!

좀 비겁한
수를 쓰긴 했지만
이게 다
그 녀석을 위한 거
아니겠어?

걱정 마라.
모른 척해줄
테니.
쳇.

그런데 우리가
연합 전선을
편 거 눈치채지는
못했겠지?
에이, 설마.
생각보다
눈치 없어.

Juche Friday

종로구 부암동

27

서른두 번의 리테이크

희수 씨의 첫 촬영을 하루 앞둔 저녁, 우리는 가벼운 산책을 하기로 했다.
그의 표정은 평소와 다를 것 없었지만 말이 좀 많기는 했다.
이를테면,
이제 저녁엔 제법 시원한 바람이 부네요.
라든가.
또 뭐라고 했더라…. 아,
내일은 비가 내리지 않았으면 좋겠네요.
중얼 중얼
내가 비를 다 마다하다니, 쳇.
풋.
긴장하면 말이 많아지는 타입?
아무튼 그날 저녁은 정말 바람이 좋았다.

그래서인지는 몰라도,
우리의 대화는
날이 어두워질 때까지
계속되었다.
어때요?
?
제이라는
친구와는
?
헤에~
그을~쎄요?
그을~
쎄요?
그런 희수 씬
어떤가요,
톱 배우와?
응?
아, 그건
아니에요.
누가
그래요?
누가 그러더라고요.
"그 자식은 여자를
기다리게 하는
아주
형편없는 놈이죠"
라고.
여자를 기다리게
하면 안 돼요.
손상준 이 자식
쓸데없는
소리를.
그 성격에 의외로
연애 문제에는
우유부단하네요?
왜,
윤기 나잖아.
흠,
흠.

솔직히 말하면,
지금은 다른 걸 생각할 여유가 없어서요.
에, 그건 핑계예요.
이번 영화를 찍기 전에 연애를 즐겼던 것도 아니잖아요.
제가 봤을 때, 연애는 타이밍이에요.
자신의 순간과 상대의 순간이 오버랩되는 아주 찰나의 타이밍.
그걸 놓치면 또 언제 올지 몰라요.
…….
아, 미안해요. 순식간에 선을 넘어갔네요.
연애뿐만이 아니라 모든 것이 타이밍이죠.
?
이번 기회를 놓치지 않겠다고 약속한 사람이 너무 많아요.
그 타이밍도 맞추고 싶어요.
모두 나를 기다려준 사람들이니까요.
그리고 또 다른 어떤 이유보다 나를 위해서.

…….

그나저나,
오늘 바람은 정말 좋네요.

아, 제가
이 말을
했던가요?

아~
니요.

아무것도 없는 어둠,
고요한 시간.

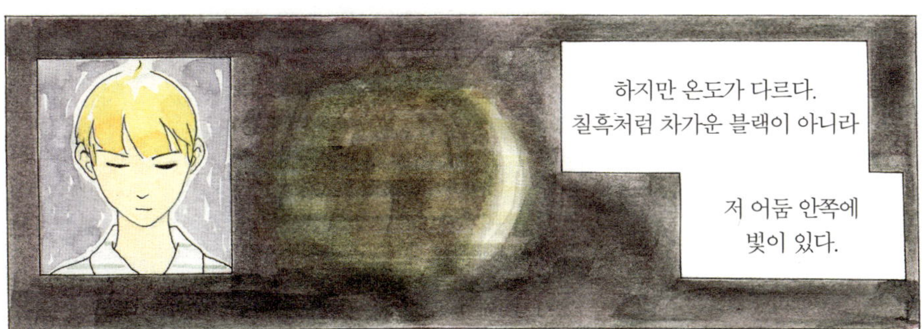

하지만 온도가 다르다.
칠흑처럼 차가운 블랙이 아니라

저 어둠 안쪽에
빛이 있다.

암막이 걷히면
쏟아지는
눈부신 빛이

세상을
가득 메울 것이다.

차임벨을 울리고 영화를
시작하는 극장처럼.

따 르 르 르 릉

나는 그 순간을
몹시 사랑한다.

두근

두근

수업 종을
그렇게 좋아했으면
좀더 안락한 삶을
영위하지 않았을까?

쓸데없는 말에는
귀를 기울일
여유가 없다
(게다가 배신자).

긴장할
필요는 없다.

이미 몇 십, 몇 백 번
머릿속에 그려왔던
장면들이 아닌가.

어깨에
힘을 빼고,

편안한 마음으로
가자.

괜찮아.

아직은 괜찮아.
이제 겨우
시작일…

3억이야.

응?

'응?'이 아냐.
3억이라고
3억.

3분 30초 나오는 첫 촬영에 들어가는 세트 비용이 3억이라고! 다 알면서 그런 표정 짓지 마!
뭘 그 정도 가지고.

우리 집 전세가 1억인데 집주인이 5천 올려달래.
촬영 끝나면 나 그냥 여기서 살까봐. 냉동 캡슐 안에서.
3억 아끼려다 30억을 잃는 수가 있어요.
그거 어느 도박 영화에서 들어본 대사 같은데?
영화는 도박이 아냐.

오프닝이잖아요. 오프닝은 중요해요.
시작의 느낌에 따라 관객의 집중도가 달라지죠.
첫인상처럼.
생각 같아서는 5분짜리 서곡이라도 틀고 싶은데 그건 봐줄게요.
어이쿠, 배려심도 깊으셔라!

재미있는 얘기면
저도 끼워줘요.

김 피디가
촬영 끝나면
여기로
이사한대.

누구
덕분에!

머리가
더 길어
졌어

아, 문제의
세트가 바로
이거군요.

강예나.

외모만 보자면
그녀는 그렇게
예쁜 건 아니다.

여차하면 나도
이사 와야
겠는걸?

하지만 그녀는
조금
다른 걸 가졌다.

왜 이래,
CF 퀸이.

나는 그녀의 눈빛에서
간절함을 보았다.

간절한 눈빛을
가진 사람은,

값비싼 보석을
휘감고 있는 사람보다도
고귀한 빛이 난다.

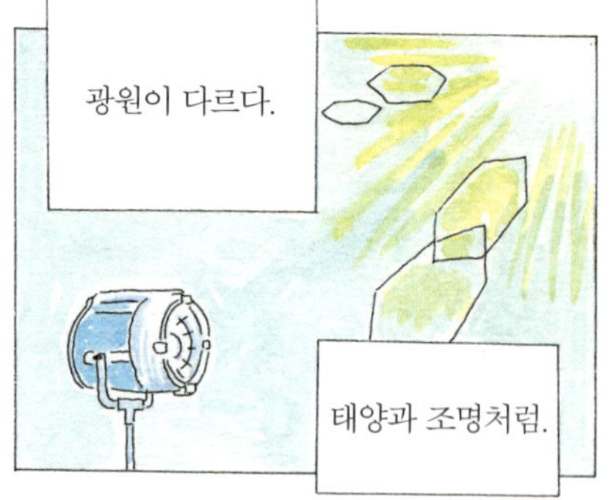

광원이 다르다.

태양과 조명처럼.

첫 촬영인데
기분이 어때?

내 대사를
잘못 읽은 거
아냐?

이거 왜 이래?! 영화는 내가 더 많이 찍었어.
이거 줄까? 절대 권력의 감독 무전기.
네가 대신 찍어.
됐어. 여기서 내가 탐나는 건 희수 씨의 의자 정도야.
촬영장에서 가장 안락한 의자.
DIRECTOR
이거 왜 이래, 집채만 한 밴에 보디가드까지 있는 사람이.
보디가드? 나?
그럼 희수 씨도 감독 말고 배우 하지 그랬어?
난 지시하는 쪽이 더 맞는 것 같아서.
어련하시겠어, 세기의 고집불통 씨.
어때요? 첫 촬영을 맞은 톱스타의 예감은?
무슨 말을 기대하는 거야?
아~주 불안해요.
다행이다. 나만 그런 줄 알았지?
불안함과 설렘은 그냥 기분 탓이라는 말도 있잖아.
그냥 설렌다고 생각하면?

몰랐어?
난 설레는
기분이 더 싫어.
실망하는 게
싫거든.
어련할까.
그럼,
이제 슬슬
닻을
올려볼까?
DIRECTOR
스탠바이!
스탠바이!
스탠 바이
스탠바이
스탠바이!
스탠바이!
아, 역시
이 맛에
감독을
하는 거야.
꽤
그리웠어.
다시 만나
반가워요,
지옥의 일터 씨.

cafe
길에서 만나다

자, 두 사람의 마지막의 마지막 촬영을 기념한 <더 끝> 오므라이스.
The
End
와, 끝내주네요.
이럴 때 보람을 느끼죠.
이제, 두 사람 계획이 뭐죠?
아.
…….
미안해요. 괜한 걸 물어서.
잘 가요, 제이.
저기, 미키.
네?
바래다줘도 될까요?
아, 그게, 그러니까
안 돼!!!
아, 그럼 그냥 조금만 더 같이 걸어요.
아, 그게 아니라 집이 너무 지저분해서…
아무도 집 안에 들어가자고 안 했…
걱정 말아요. 큰길까지만 갈게요.

미키는 앞으로에 대해 생각해봤어요?
음, 잘 모르겠어요.
하지만 지금 이 순간은 무척 좋아요.
제이와 여기 이렇게 걷고 있는 게
신기하고, 또 좋아요.

1년 전만 해도 미래에 대해선 별 관심이 없었어요.
정말이에요.

변할 것 같지 않은 미래를 상상하는 건 정말 끔찍하잖아요.

어제와 다르지 않은 오늘, 오늘과 다르지 않을 내일.
개학 전날 몰아 쓴 초등학생의 방학일기처럼.
12/29 눈
수철이와 눈싸움을 했다
재밌었다
12/30 눈 아까도 눈
수철이와 또 눈싸움을 했다
또 재밌었다

그런데 지금은 어린 시절 그토록 떠나고 싶었던 한국에서,

서울을 소개하는 일을 하고 있잖아요.
가끔 아침에 눈을 뜨면 스스로 놀라요.

하지만 이젠 내일을 생각하는 게

조금도 겁나지 않아요.

미키,
난 다시 떠날 생각이에요.

에?

파리에 있는 출판사에서 제의가 왔어요. 잡지 삽화 연재 일이에요.
지금 일이 다 정리되면 프랑스로 떠날 생각이에요.

어머, 잘됐네요! 잘된 거죠?

그래도 이번엔 작별인사 정도는 할 수 있겠네요.
안 그래요?
하하하!

아,

…….

작별인사,
꼭 해야 하나요?

네?

같이 가보지 않을래요?

오랫동안 기다렸던

선이

이어진 것만 같은
기분이 들었다.

아직,
열었겠지?

물론 열었지.
하지만
밥은 없어.
다 팔았거든.

그나저나,

첫 촬영은
어땠어?

응,
화기애매했지.

화기애매?
또 무슨 짓을
한 거야?

별로?
아무 짓도
안 했는데?

아무 짓도
안 했지.

첫 촬영에서
리테이크를
서른두 번이나
외친 것만
빼면 말야.

정말 이럴 거야?
첫날부터 이러면
스태프들
다 도망갈 거야!
영화 혼자 찍어?

정말 한가한
톱 배우네.
여긴 또
왜 와서.

아니, 뭐가 마음에
안 들어 NG인지
말을 해줘야
고칠 것 아냐!

뭐? 이유도
설명 안 하고
서른 번 넘게
리테이크를
간 거야?
폭군
이야?

워워~
진정해. 그리고
그렇게 당연하다는
듯이 선을
넘지 말아줘.
이건 엄연히
내 고유의
영역이니까.

게다가
말을 못해준 건
다 사정이
있어서라고.

어디 한번
들어보자. 말을
안 해준 건지
못 해준 건지
가려줄게.
아니,
평가는 필요 없어.

그래서,
이유는?

그게 말이야,
…
사실 나도
잘 몰라서
그런 거야.
이건 애니메이션이 아니잖아.
내가 시나리오를 썼지만
연기는 해석이 필요하고,
알겠지만 그건
배우의 몫이거든.

쏘리,
내 해석이
그렇게 엉망이었어?
풋,
맞고 틀리고의
문제가 아니라
그냥 너의
베리에이션을
보고 싶었어.
또 그 모습이
꽤 재미있었고.

사수가 자신의 총에
대해 반드시
알아두어야 할 것은
유효 사정거리야.
그걸 알아야
조준이 가능하지.
우리가 처음 호흡을
맞추었을 때에 비해
네 연기의 폭도
많이 변했고,
때문에 난
그걸 알아둘
필요가 있었어.

네가
얼마나 멀리
날아갈 수 있는지
알고 싶었어.
이 정도면
서른두 번
리테이크의
이유가 될까?
…….

그래서 얼마나
멀리 날아갔어?
강예나라는
배우의
유효 사정거리는?
그건
좀더 두고 봐야
대답할 수 있을
것 같은데?

뭐야, 그럼 내일도 서른 번의 NG를 외치시겠다고?
설마 내일은 더?
설마~

어우,
절대 안심 안 되는 저 '설마' 또 나왔다.
그래, 안심하기엔 아직 밤이 길다.

대사가

영~ 별로네.
요새는 글 안 쓰나봐? 손 형?

응, 요새는 커피가 4000원이야.
하지만 역시 뭔가 여운을 남기는 대사 같아!
어우~ 대사들이 참 아름다운 밤이네.

양!

어머,
포우!
마실 가니?

희수 씨는
아직
현장인가아?

포우, 실은 오늘 나 고백 받았다?

그것도 아주아주 많이 기다렸던 사람한테.

뭐랄까, 두근거리고 또 조금 불안해.
하지만 기뻐.
그리고 기쁨을 느낄 때는 마음껏 즐겨야 한다고 들었어.

왜냐하면 그건 스스로 만들기 어렵거든.

그래서 기쁨이 찾아오는 걸 겁내서는 안 돼.

양~

응!
겁내지 않을 거야!
양!

하하하

오늘은
방해하지 말고
그냥 가는 게
좋겠다.
양~

대신 소시지
사줄게.
어때?
양!
붕~

종로구 삼청동

28
이기적인 시점

데이트는
아직 익숙하지 않다.
촌스럽게도.

어색한 걸음이 된 데에는
또 다른 이유가
있었는데….

어쩐지 그의 옆에서
셔터를 누르는 순간,
제이와 나 사이에
간신히 흐르기 시작한 흐름이
멈춰버릴 것 같은

불안한 기분이 들었다.
난 시냇물처럼 흐르는
물길을 조심스럽게
다루고 싶었다.

조심, 조심.

하지만 막상 빈손으로
나오자 처음 카메라
앞에 선 모델처럼
손을 어디에 두어야 할지
몰라 난감했다.

적당한 손의 위치를
찾느라 분주한 나머지

우리는
한동안 아무 말도 없이
걸어야 했다.

아이고,
그냥 들고 나올걸.

하지만 그런 나 못지않게
제이 역시 뭔가
깊은 생각에
잠겨 있는 듯했다.

무슨 생각을
저리도.
덥네요.
좀 쉬었다 가요.
아, 그래요.
정말 덥네요.

분명한 것은
한여름의 산책
데이트라니,
제안한 사람도
수락한 사람도
모두 멍청이라는 점.

그런데 오늘은
카메라를 안 들고
왔네요?

데이트잖아요.
이런 날은
마음으로 찍는
거예요.

마음으로…
그런데 난 이제
어떤 장면을 보면
그림으로
완성되었을 때로
보일 때가 많아요.

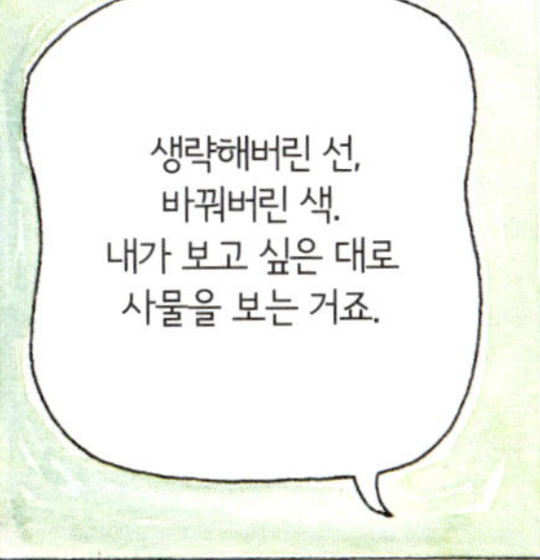

생략해버린 선,
바꿔버린 색.
내가 보고 싶은 대로
사물을 보는 거죠.

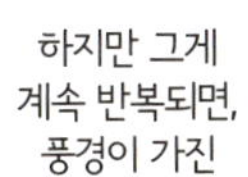

하지만 그게
계속 반복되면,
풍경이 가진
그만의
자연스러움을
놓치고 사는 건
아닐까…
가끔, 그런 기분도
들어요.

내가 만든
왜곡된 세계에
갇혀버리는 거죠.

전 그걸 이기적인
시점이라고 불러요.
미키는
어떤가요?
미키도 이기적인
시점을 갖고 있나요?

아…

찰칵

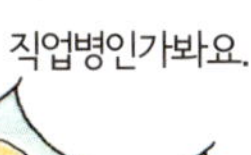

그런 것
같기도.
직업병인가봐요.

좋은 걸 함께 공유하면
좋겠지만 우선은
직업병을 커플티
삼아야겠네요.
풋

아, 같은 직업병을 가진 사람이 또 있었네.
그래, 바로 당신 말야.

응?

여기요?
그래, 거기.

빨리 하고 가자.
정 실장님.

이쪽 벽은 분리 가능하게 만들어달라고 했는데요.

그래요? 그럼 벽 있는 장면 다 찍고 벽 떼어내고 몰아서 찍으면 안 되나요?
이거 시간 많이 걸리는데.

아뇨, 연기 연결이 중요한 신이라 일부러 전에 요청드린 겁니다.
다시 만들어 주세요.

아니, 뭐 얼마나 대단한 장면을 찍으시려고.
네.

조감독님!
왜 세트 신경 안 쓰세요!
조감독
아, 죄송합니다.

촬영 팀
멈칫
치익-
아니, 거기에 무광택 스프레이를 뿌리면 어떡합니까!
소품 팀!
네! 네! 여기요!
소품 팀은 현장에 소품만 갖다놓으면 땡입니까?
저거, 연결 소품인 거 몰라요?
아, 죄송합니다.
소품 팀
당장 바꿔 오세요.
지금요? 이거 창원에 있는 공방에서 구한 거라…
그렇게 구하기 힘든 걸 이렇게 관리합니까?
다, 다녀오죠, 창원.
프로라는 사람들이.
주연
무슨 일 있어요? 분위기 안 좋네?
그 귀걸이는 또 뭡니까!
의상 팀!
내가 에메랄드라고 했는데!

에메랄드가
예나 씨 얼굴색에
안 맞아서.

지금 게
더 맞지
않나요?

그게
얼마
짜린데!

더
세련되고

(세련은 개뿔)
저거
강예나 씨
협찬품이죠?

누굴
바보로
아나

어머나,
딱 걸렸네.
귀신.

잘 어울리는데
그냥 가면
안 되나?

지금 옷에야
어떨지 몰라도
그 귀걸이
회상 신에서도
쓰는 건데,

하얀 의사 가운에
빨간 귀걸이,
에로 영화
찍고 싶으면
다른 데
알아보세요.

조감독님!
전체 스케줄
체크해서
다시 콜 주세요!

네,
알겠습니다.

푸.

쾅!

STAFF
STAFF
STAFF
STAFF

아니, 그냥 좀 넘어갈 수도
있는 거 아닌가?
매일 꼭 저 난리를 쳐야 해?

완벽주의자면, 영화도
완벽하게 흥행시키나?
두고 보겠어.

조감독님한테
너무 막 대하는 거 아냐?
연배도 있는데.

...

웅성

웅성

악마야.
악마

감독이면
다냐.

탄핵으로 가자.
탄핵.

웅성

Studio B
KOFIC
영화진흥위원회

조감독님은

은희수 감독님에 대해 어떻게 생각하세요?
그 사람은 프로야. 적어도 내가 보기엔.
STAFF
STAFF

저도 그렇게 생각해요. 아주 지독한 프로.
무시무시한.
STAFF

사람들에게 얼굴색 하나 안 변하고
서른두 번 리테이크를 외치는 걸 본 순간,
다시!
적당히해라
쯔음
전… 떨고 있었어요.

마치 전 세계를 적으로 돌린 남자를 보는 기분이 들었죠.
다 덤벼!

저라면 절대 그렇게 하지 못할 거라고 생각했어요.
인간이 아냐.
악마야.
STAFF

저라면 그저 적당한 선에서 타협했겠죠.

설사 그게 제 마음에 흡족하지 않더라도 말이에요.

가끔은
이런 성격이
원망스럽기도 해요.

그건 성격의
문제가 아니라

?

절실함의
문제 아닌가?

우앗!!!
언제 오셨어요?
조감독님은요?
너 내 욕하고
있었냐?
왜 그렇게 놀래?
조감독님
아까 화장실
가시던데?

아뇨,
제가 욕은
무슨.

정글에서 벗어나기 위해선
앞을 가로막은 나뭇가지를
베어낼 수밖에 없어.

그런데 세상엔 나뭇가지를 못 꺾는 사람도 많지.
이것들도 다 생명이 있어.

하지만 그런 사람도 정글에 갇혀 일주일 넘게 굶주리면 어떻게 되는지 알아?

살, 살아야 해.

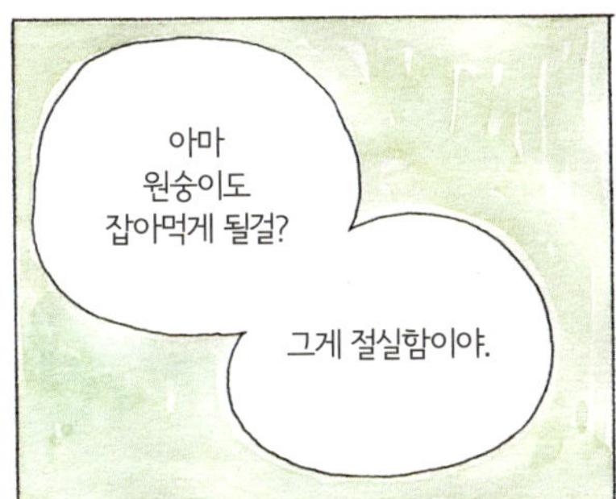

아마 원숭이도 잡아먹게 될걸?
그게 절실함이야.

그 사람은 오직 하나만 생각하는 거지.
여기서 살아 나가야 해!!!
휘 휙

영화감독이 현장에서 해야 할 일은, 자신이 상상한 이야기를, 이미지를 프레임 속에 최대한 가까이 재현하는 일, 그것뿐이야.
물론 거기엔 수많은 방해들이 있지. 변덕스러운 날씨, 장비 고장, 스태프들의 실수, 배우들의 실력. 원하는 장면을 얻으려면 늘 자신과 또는 누군가와 싸울 수밖에 없어.

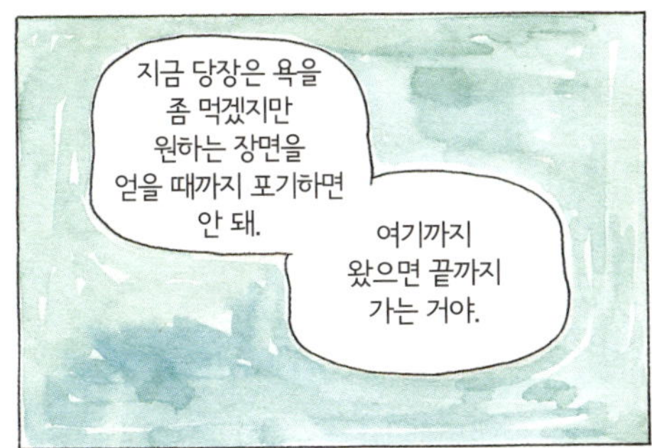

지금 당장은 욕을 좀 먹겠지만 원하는 장면을 얻을 때까지 포기하면 안 돼.
여기까지 왔으면 끝까지 가는 거야.

내가 평가를 받고자 하는 건 내 인간성이 아니라 내 영화니까.

영화비평 동아리
아 드 리 안
영화 상영중-
보고 가세요 (공짜)
신입생
환영中

왠지 기묘한
기분이….

끼이—익

끼익

신입생?

자,
여기 서명.

아니,
영화만 보고
가려고…

누가 돈 내래?
그냥 사인만
하나 해줘.

폐부 직전이란
말야. 귀찮게
안 해.

그녀는
정말로 나를
귀찮게 하지
않았다. 오히려
그 반대였다.

나는 틈만 나면
동아리 방에 들러
선배와 함께
영화를 보며
시간을 보냈다.

큭큭

하하

그렇게
재밌어요?

왜,
재미없어?

전 솔직히 영화를
보고 있는 선배를
보는 게
더 재밌어요.

난 그런 밍숭맹숭한
고백에는
안 넘어가.

좀더
로맨틱한 걸로
연구해봐.

네.

그럼,
다녀올게요.
편지 써도
되나요?

군대에서도
국제 우편 되나?

에?
어디 가요?

응. 영화 제작
배우러. 미쿡에.

그럼, 당분간
연락하기
힘들겠네요?

인연이
있으면
또 보겠지?
춥다.
입대 기념
자판기
커피 쏠게.

인연이…
아직도
부족한가요?

너 혹시
승진이니?

엣? 난 줄
어떻게 알았어?
초능력?!

전화벨 소리가
떨리길래.
너 잘 떨잖아.
어디야?

응, 지금
촬영 현장.

정말? 용케
잘 버티고 있네.
미란이가
말해줬어.
너 제대하고
내 번호 물어보러
과 사무실에
왔었다고.
영화 하는 것도
말해주고.
무슨 일 하는데?

스크립터.
왜 예전에
강예나
데뷔했던
단편영화 있잖아?
그거 연출했던
은희수
감독이야.

아, 그 사람,
드디어
입봉했구나!
나 한국 가면
현장 구경
시켜주는 거야?
한국에 와?
언제?
왜?
나 보고 싶어?

응, 보고 싶어.
오? 많이 컸는데?
나도, 보고 싶어. 네가 영화 찍는 모습도.
그럼 여기서 기다리고 있을게.
금방 갈게. 현장에서 막내로 있으면 욕도 많이 먹는다는데
잘 견디고 있어야 해!
크크
응, 잘근잘근 씹어 먹고 있을게.
걱정 마.
응? 잘근잘근?
아냐, 건강하고.
언젠가는, 같이 일할 수도 있겠다. 그치?
응, 그래.

기대하고 있을게.

언젠가.

기대가 된다.

자, 10분 뒤 촬영 재개합니다!

나의 미래가 기대가 된다.

이거 지난 신하고 연결이 다르잖아요. 빨리 바꿔주세요.

그럼 아까 옮길 때 진작 말해줬어야지!
궁시렁 궁시렁

내가 소품 팀 가구 연결 챙기려고 여기 있는 줄 아세요?

깜짝이야, 너 왜 그래?!

그리고 경어 쓰세요. 내가 나이도 위인데 여기가 무슨 군대도 아니고.
전 연출부 막내지 소품팀 막내가 아닙니다!

미, 미안해요.
왜 소릴 질러…요.

덜덜
STAFF

뭐, 뭐야, 쟤 뭘 잘못 먹은 거야?

아, 또 하나의 순수한 영혼이 타락했구나.
영화판은 사람을 너무 쉽게 오염시켜.

여기에 있을 이유를 찾았나보지?

사람이 갑자기 변하면 역시 안 좋은가요?

사람은 절대 서서히 변하지 않아.

어느 순간, 갑자기 변하지.

절실한 마음이 생기는 순간.
이그젝틀리.

그런 의미에서 스탠바이 한번 외쳐볼래?

네?
워 워~

누구나
멋진 미래를 바란다.

하지만 그 미래를 손에
쥐는 사람은 결코 많지 않다.

누가, 얼마나 더 많이
미래를 꿈꾸는가.

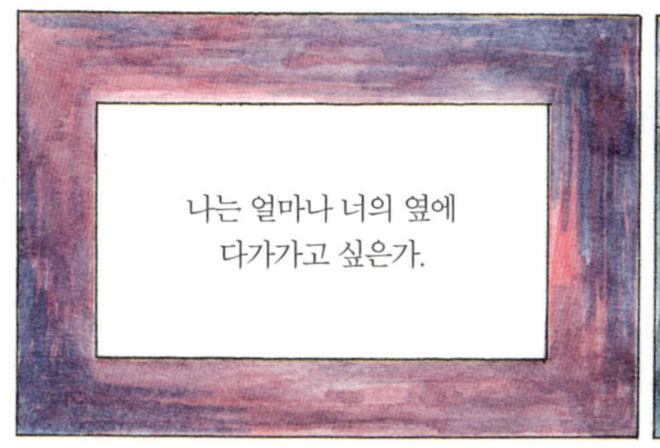

나는 얼마나 너의 옆에
다가가고 싶은가.

The End

선배,
배고프지 않…

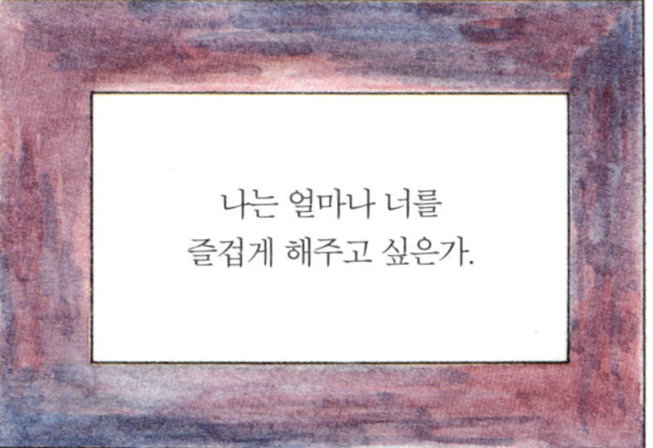

나는 얼마나 너를
즐겁게 해주고 싶은가.

우선은 그것만 생각하자.
내가 되고 싶은 내가 되어
너를 만나고 싶다는.
주룩

……
그것만 생각하자.

그리고 기다린다.

내가 바라는
멋진 미래를.

결국 무참히
깨지고 말.
풋

이 악당이!!!
들었나?
ㅋㅋ
벌떡

레디
액션!!

어서 오라,
미래여.
딸칵

영국 작가 에밀리 브론테의 처녀작이자 유작이 된 소설 《폭풍의 언덕》에는 이런 대사가 나온다.

"만약 모든 것이 사라져도 그가 남는다면 나는 여전히 살아갈 거야. 하지만 모든 것이 남고 그가 사라진다면 이 우주는 아주 낯설어지겠지."

아, 정말 엄청난 대사가 아닌가…….

쥬드 프라이데이

29
어째서, 어째서, 어째서…

양

잘 어울리죠?
저 두 사람.
장식으로 산
체스를 정말 사용하는
사람이 있으리라고는
생각하지 못했어요.

함께 체스를 두는 걸
보니까 왠지 굉장히
오래된 부부 같은
느낌이 들지 않나요?
아무도
방해할 수 없는
완벽한 두 사람만의
시간.

체스는 사실 전쟁의 축소판이라고 할 수 있는데
전쟁 중인 연인이 저렇게 평화로울 수 있다는 게 재밌네요.
그건 아마 전쟁에서 잃을 게 아무것도 없어서가 아닐까요?
만약 큰돈이 걸렸다면…
흥미로운 의견이네요.
그런 의미에서 우리도 뭔가 걸어요.
오목은 깨알 같은 재미로 충분할 것 같지만.
좋아요, 뭘 걸래요?
연중 무휴의 카페 길만에 휴일을 걸어요.
이번에도 제가 이기면 쉬는 날을 정해요. 어때요?
휴일이 없는 건 매일이 휴일 같아서가 아닐까요?
그건 카페 길만이 폐업을 할 만큼 손님이 없었을 때 얘기고.
우린 휴식이 필요해요.
매주가 힘들면 격주로라도.

언제 쉬는 게 좋겠어요?
런치 손님이 없는 일요일이 어때요?
오케이, 일요일엔 쉬도록 해요.
보스는요?
전 지금 충분히 좋아요.
휴식은 지금을 위한 게 아니라
내일을 위한 거예요.
생각해볼게요.
흠, 그건 마치 '영원히 그럴 생각이 없어요'
라는 것처럼 들리네요.
설마~

혹시 문을 닫으면 안 되는 이유라도 있나요?

으응?

이유가 있을 거 아니에요?
〈피아니스트의 전설〉 주인공처럼 유람선 밖의 복잡한 세상이
아주 끔찍해 보인다거나…

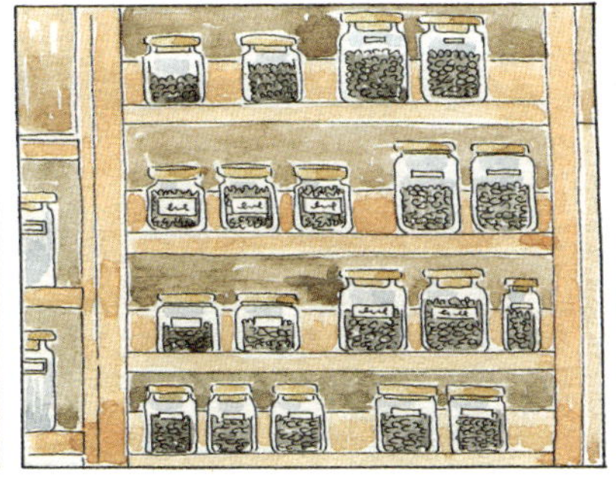

어쩌면,
그런지도 모르죠. 전 지금 여기서 벗어나는 게 좀 두려워요.
피식

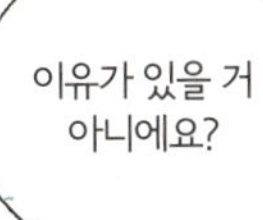

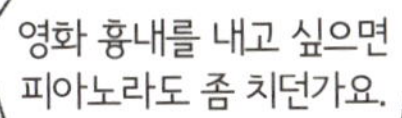

영화 흉내를 내고 싶으면 피아노라도 좀 치던가요.

어디 가요?
끼익

흉내를 좀 내볼까 하고요.

됐어요. 장식용 피아노로 무슨…
좋아요, 이렇게 하죠.
전혀 보고 싶지 않아요.

내가 소희 씨가 원하는 곡을 치면 더 이상 휴일을 강요하지 않기로.

레알? 레알?! 합시다! 해요!
<즉흥환상곡>으로 합시다.
자, 여기 피아노 앱!
그걸로는 <즉흥환상곡> 못 쳐요.
왜 못 쳐요? 유튜브에서 봤어요!
즉흥자장가겠지!
멜로디만이라면 저도 라흐마니노프 칠 수 있어요!
어디 그럼 쳐봐요! 라! 흐! 마! 니! 노! 프!
저분들은 왜 싸우는 걸까요?
제가 보기엔 싸우는 게 아니라
일종의 교감을 나누는 게 아닐까요?
어떤 거미는 교감을 나누다 마음에 안 들면 상대를 잡아먹는대요.
그런 의미의 교감을 말하는 건가요?

수컷을 잡아먹은 거미가 건강하고 더 많은 새끼를 낳는대요.
그런 의미의 교감을 말하는 거예요.
그 거미, 새끼가 태어나면 어미를 먹는 거미랑 같은 종류인가요?
잘 모르겠지만,
아니었으면 좋겠다는 기분은 드네요.
비위가 상해
아! 스파이더맨 새 시리즈가 개봉한대요.
이제 토비 씨를 못 봐서 아쉽긴 하지만
그래도 개봉하면 같이 보러 가요. 전 팬이거든요.
슉!
슉!

아마 그때쯤엔 파리에 있겠네요.
아, 그러네요.
정말 제가 따라가도 괜찮을까요?
분명히 멋질 거예요.
약속해요.

어째서…

어째서,
내 휴일!
어째서,
라흐를 칠 수 있는 거지?

순식간에 분위기가 바뀌네요.
역시 음악은 위대해요.

음악은 언제나 위대하죠.

슈웅

?

새로운 메시지
나츠미 사망.
회신 바람.
- 사쿠마.

제이?
무슨 일이에요?

피식

제이?

cafe
길만 에서
walk with me

미안해요, 미키.
먼저 일어나야 할 것
같아요.

안 좋은 일이에요?
얼굴색이…

나중에
전화할게요.

……

사쿠마
+8180503

지금은
고객이 전화를
받을 수 없으니
다시 걸어주시…

왜.

……

TAXI

인천공항
Inchon Airport
공항
Airport

어째서…
이제 와서…

어째서

어째서

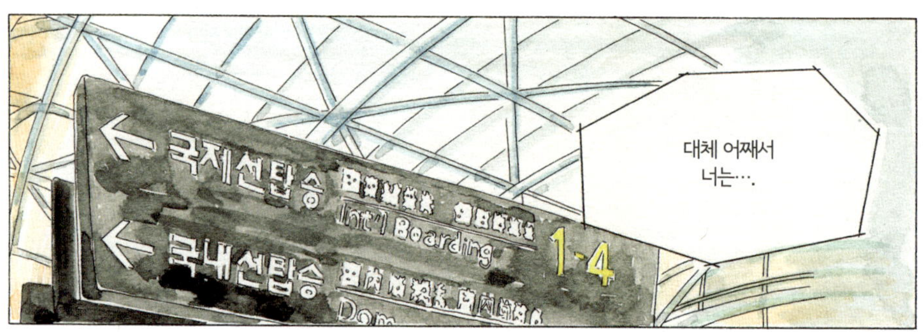
국제선탑승
Int'l Boarding
1·4
국내선탑승
Dom
대체 어째서
너는….

나츠미…!

30
잔인한 부탁

어~이~
가지 소년!

중학생 제이
뭐?

너 가지
싫어하지?
난 다
알아.
역시 중학생
나온미 →

내가 싫어하는지
좋아하는지
어떻게 알아?!

다
아는 수가
있지요.

니 눈빛이
다 고백했어.
나는 가지가
싫어요~
나는 가지가
싫어요~

거짓말.

너 가지 좋아해?
내 것도 줄까?
그래,
이게 정상적인
반응이지.
편식하지
마.

어떻게 알았지?
칫

그해 겨울
첫눈이 내리던 날,

나츠미는 고백했다.

나츠미는
나를 보고 있었다.

때로는
아름다운 기억이

새로운 미래를
시작하는 데

KORIAN AIRLINE
끼이익

슈웅
새로운 메시지
장례식장은 시립장례
회관으로 결정됨
-사쿠마로부터
회신
삭제

謹弔
謹弔

웅성
웅성
저거 제이 아냐?
진짜 오랜만이네.
아, 고등학교
졸업하고는
처음일걸?
웅성

삼가 고인의
명복을…

응?

왔어?

사쿠마,
너 이 자식.

너 대체 이게
무슨 짓이야!
왜? 나츠미
선생님이
세상을 떠나신 건
너에겐 전혀
상관없는
일인가보지?

연락해줘서
고맙다는
말이라도
들을 줄 알았더니
괜히 그랬네.
일부러 그랬다.

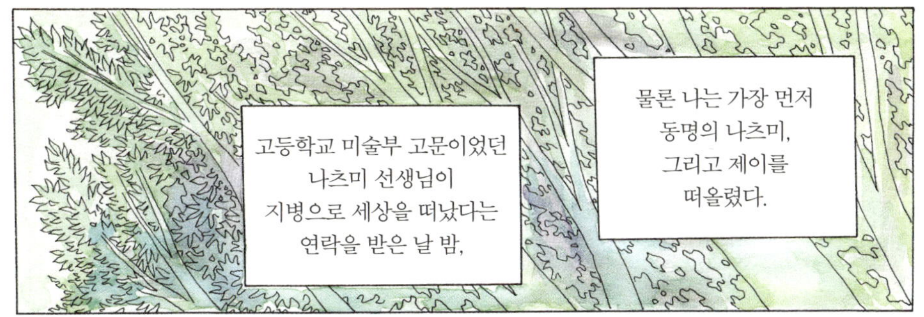

고등학교 미술부 고문이었던
나츠미 선생님이
지병으로 세상을 떠났다는
연락을 받은 날 밤,
물론 나는 가장 먼저
동명의 나츠미,
그리고 제이를
떠올렸다.

고등학교를 졸업하던 날,
나는 처음으로 나츠미에게
전화를 걸었다.

학생부원으로서 그녀가 받지 못한
졸업 앨범을 보내기 위해
전화를 걸었다고 말했지만,

사실 난 그녀에게 보낼
졸업 앨범 따위는 갖고 있지 않았다.

결국 난 내 졸업 앨범을
그녀에게 보냈다.

나츠미는
늘 내게 상냥했다.

PHONE
하지만 그 상냥함은
오히려 넘지 못할
커다란 벽처럼
느껴졌다.

나는 매년 7월,
그녀의 생일과
그해 마지막 날에
안부 전화를 걸었다.
다행히,
시간은 의외로
빠르게 흘러주었다.
18 : 00
전화하기
07

제이는 어때?
전화를 끊기 전
나츠미는 언제나
내게 제이의 안부를 물었다.
그리고 그녀가 내게
제이의 안부를 물으면
오히려 안심이 되었다.

나는
욕심이 많은 편이
아니다.

하지만 사람은 누구나
이중적인 면을 갖고 있다.
잘 있는 것 같아.
원래 자기 얘기 잘
안 하잖아.

나는
언제나
그녀의
행복을
바라면서도…
나츠미가
제이를
다시 만나기를
바라지는
않았다.

물론 당당히 고백하지
못하는 자신이
비겁하다고 생각했다.

비겁하게 들리겠지만
그건 내 나름대로
이유가 있었기 때문이다.

나는 그녀를 좋아한다.

그리고 그녀는
그를 좋아한다.

후두둑
후둑

챙그랑
챙그랑
그녀를 좋아하는 나는
그를 좋아하는 그녀의
마음까지 좋아하지 않으면
곤란하다.

그녀의 어느 일부만을
취사선택해서 좋아하는 것은
오히려 더 비겁하다는
생각이 들었다.

쿠ㄹㄹ릉
하지만 유리의 표면처럼
투명하고 깨끗한
그녀의 모습에 비해

나를 좋아하지 않는
그녀의 마음은
깨진 유리의 단면처럼
날카로웠다.

툭
툭
때문에 그녀의 마음을
뜨겁게 안으면 안을수록
따스한 황홀함과 동시에 살이
찢어지는 고통을
함께 느껴야 했다.

그렇게
20대를 모두 보내고서야
나는 깨달았다.

싸아아아

나츠미는 제이를
다시 만나야 한다.

그리고
서로의 마음을 확인해야 한다.

두 사람의 마음이 만나
파도가 된다면,
나츠미에 대한 나의 시간은
한낱 모래성에 불과할 것이다.

하지만 만일,
만일 그렇지 않다면
나는 다시
나츠미에게 손을 내밀겠다.

나의 손을
잡아보지 않겠냐고
말을 해보겠다.

고마워서
눈물이 난다.
워
툭
그러니 당장
이 밥맛없는
동창 녀석에게
멱살 잡히는
일 따위는
아무것도 아니다.

나츠미가
근처에 있어.
멈칫

근처 요양원에 있어.
여기까지 왔는데
보고 가는 게
어때?

네가 상관할 바
아니잖아?

그리고
그렇게 걱정되면
네가 곁에 있어주면
될 거 아냐.

그럼 넌
대체 여기 왜
있는 거냐.

이제 너에게
나츠미는 죽어야만
의미가 있는 거야?

나츠미가 죽기 전에
만났어야 했다고
조금도 후회하지
않았어?

여기까지
왔으면서
아니라고는 말 못하겠지.
안 그래?

…….

부탁이야.
나츠미를
만나줘.

그리고
괜찮다면
바통을 내게
건네줘.

나이가 들면 좀더
솔직해지는 걸까,
아니면 좀더 이기적으로
변해가는 걸까.

아니, 적어도
뻔뻔해지기는 하는 것 같다.
그건 나의 20대엔
절대로 할 수 없었던

잔인한 부탁이었다.

그럼 나한테 계속 연락했던 건 결국 나츠미에게 말을 하기 위해서였던 거야?

왜, 실망했어?

뭐라고 말해주면 되지? 이제 지나간 과거 따윈 서로 잊어버리자고?

그게 너의 진심이라면.

난 여기서 기다릴게.

뻔뻔해져서는….

203
稲田 なつみ

똑
똑

조
용

어디 갔나?

가지 소년?

정말이네.

나츠미 선생님 소식 듣고 온 거지?
설마 내가 죽은 줄 알고 온 거 아냐?

으응?

뭐야, 그 반응은? 정말인가보네?
헉

그, 그게 사쿠마가 '나츠미 사망'이라고만 메시지를 보내서…

그 신중한 사쿠마가 실수라도 했나?

미안하지만 일부러 그랬다.

그래, 신중한 성격이지.
지나치게.

돌아가신 나츠미 선생님께는 죄송하지만 이렇게라도 널 보게 되니 난 기쁜데?

아, 몸은 어때?

응,
실은 나도 얼마 안 남았어.
쿡

뭐?!!

하하하 농담이야, 농담!
정말 진지한 성격은 지금도 똑같네.

이런.
푹

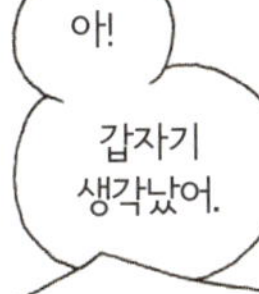

아!
갑자기 생각났어.
그래! 나는 세상에서 가지가 제일 싫어!

하고 외치던 니 모습 말야.
아직도 웃겨.
ㅎㅎ ㅎㅎ

하지만 곧 수술해야 해. 지금은 수술을 받기 위해 체력 회복 중?
수술도 받기 힘들 만큼 저질 체력이라나?
병약한 소녀 스타일도 유행 지났는데 말야.

……

얘기가

길어지나
보네.

있잖아, 제이.
난 요즘
이런 생각을 해.

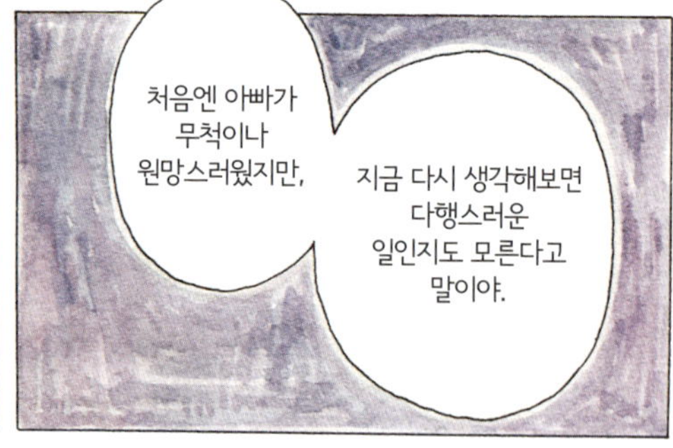
처음엔 아빠가
무척이나
원망스러웠지만,
지금 다시 생각해보면
다행스러운
일인지도 모른다고
말이야.

내 20대는 늘 널 생각하며 보냈어. 어디에 있을까,
뭘 하고 있을까,
TV에 나오는 세계 여행 프로그램을 보면서 혹시 저 가운데 네가 있지는 않을까.

화면 위로 지나가는 사람들 얼굴을 하나하나 살펴보기도 하고
인터넷으로 네 이름을 검색해보기도 했어.
그리고 그때마다 안부조차 없는 네가 너무 미웠어.

물론,
그때는 내가 너에게 준 상처가 있다는 것도 몰랐을 때였으니까.

그런데 내 주변의
연인들이 아주아주
사소한 이유로도
헤어지는 걸 보면서
우리가 계속 만났더라도
분명 여러 가지 문제로
힘든 시간을
보내야 했을 거라고
생각했어.

그때의 넌
자신이 자이니치라는
사실 때문에
거절받는다는 걸
참을 수 없었을 테고

난 누구보다
가족을, 아빠를
소중하게
생각하는
사람이었으니까.

그래, 차라리
시간이 아주
많이 지나서
가끔씩
아주 가끔씩
웃으면서
만날 수 있다면
그럴 수 있다면
그게 더
좋지 않을까,
하고 말야.

그러니까
제이.

우리 각자
행복해지기 위해
노력해야 해.

우리가 보낸
시간들이
우리가 보낸 시간들이
아깝지 않도록 말야.

……

행복,

이제 그만
갈까?

그래.

행복해지기
위해

솨 아 아

응?
주룩

에에?
주룩
주룩

?

이게, 이게
아닌데,
어어,
왜
안 멈추지?
너무
반가워서
그런가?
잠깐만…

조금만
참으면
되는데…

참고,

또 참고
참다가
우아아앙
바보처럼 몸이 먼저
울음을 터뜨리고
말았다.

만약 당신이
행복해지고 싶다면
지나간 시간에
비례해 성장해야
할 것이다.

감정에 치우쳤던
지난날에 비해
좀더 이성적으로
행동해야 할 것이다.

시간은 어제에서
오늘처럼, 또 오늘에서
내일로 흘러갈 것이다.
그러니 그렇게
슬픈 얼굴을
할 필요는 없다.

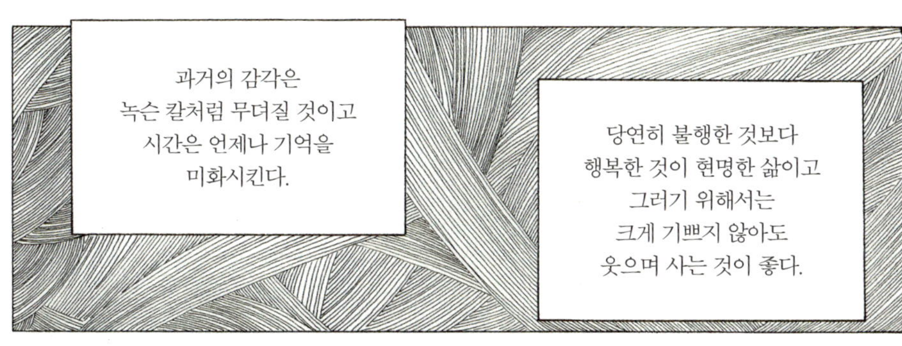
과거의 감각은
녹슨 칼처럼 무뎌질 것이고
시간은 언제나 기억을
미화시킨다.

당연히 불행한 것보다
행복한 것이 현명한 삶이고
그러기 위해서는
크게 기쁘지 않아도
웃으며 사는 것이 좋다.

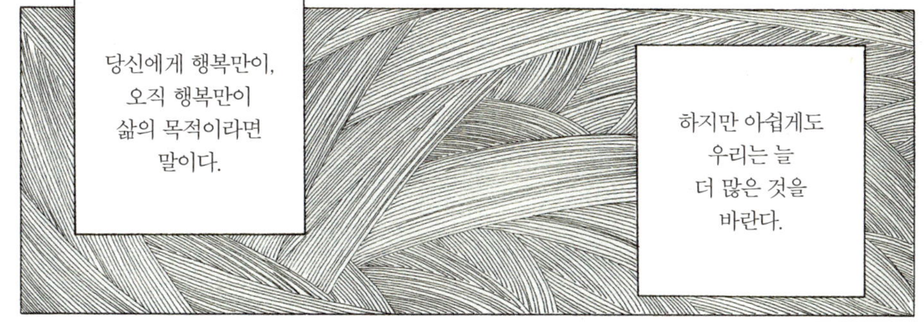
당신에게 행복만이,
오직 행복만이
삶의 목적이라면
말이다.

하지만 아쉽게도
우리는 늘
더 많은 것을
바란다.

누군가
다시 내게
'사랑 대신 행복을 줄게'
라고 약속한다 해도,

그래도
난 너에게
키스하겠어.

미안해.
너무
늦었지만,
미안해.

아니,
나야말로
미안해.

끼릭

이제 만족하냐.
천하의 바보
멍청이
사쿠마 씨야.

부웅

길었던
계절이
이제야 끝나는
건가.

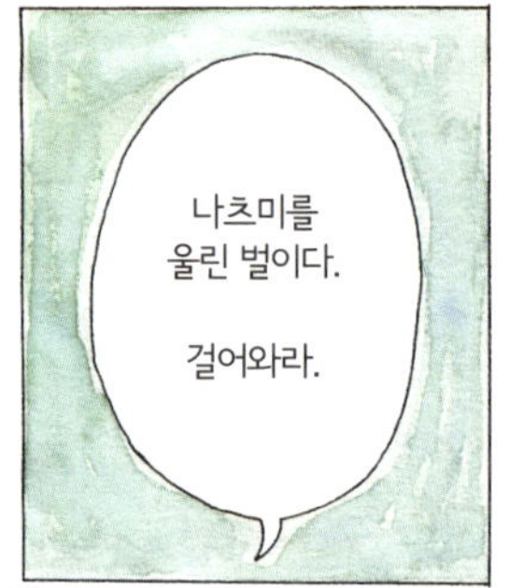
나츠미를
울린 벌이다.

걸어와라.

나의 술친구는 군대를 제대하고 미술학원에서 강사를 하던 시절
만난 데생 선생님이었다. 나보다 여덟 살 정도 나이가 많았지
만 그보다 훨씬 젊어 보였고 큰 키에 미남이었다. 성격도 일품이었
는데 다만 술을 지나치게 좋아했다.

우리가 술친구가 되기 전, 첫 잔을 들이키며 내가 '크~' 하는 소리를
내자 선생은 이런 말을 했다.

"술이 참 쓰지?"
"그러네요."
나는 대답했다.
"그런데 인생의 쓴맛을 보게 되면 그 술이 달게 느껴질 거야."

나는 잠자코 남은 술을 마셨다. 선생의 술잔에 담긴 단맛을 나는
알 수 없었지만, 지나간 슬픔을 돌아보며 어쩌면 다행일지도 모른
다는 기분이 든다면 그럴 수도 있겠다고만 생각했다.
그리고 그해 여름은 온전한 정신으로 밤을 보낸 기억이 거의 없다.
쥬드 프라이데이

31
환절기

오랜만이네요.
함께
걷는 것도.
네,
이제 밤에는
제법 선선하네요.
긴소매를
준비해야겠어요.

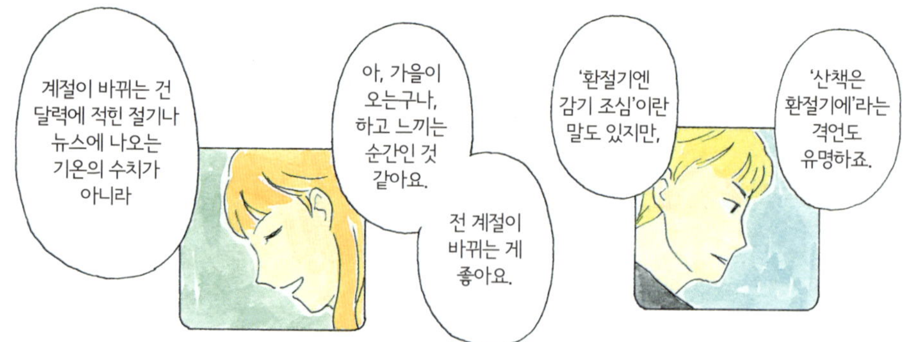

계절이 바뀌는 건
달력에 적힌 절기나
뉴스에 나오는
기온의 수치가
아니라
아, 가을이
오는구나,
하고 느끼는
순간인 것
같아요.
전 계절이
바뀌는 게
좋아요.
'환절기엔
감기 조심'이란
말도 있지만,
'산책은
환절기에'라는
격언도
유명하죠.

희수 씨,
많이 바쁘지 않으면
무슨 일 있는지
물어봐줄래요?

...
무슨 일
있어요?

제이와 연락이
안 돼요. 어제
일본에 간 이후로.

음, 아직
살아 있을 거예요.
희망을
잃지 말아요.

아.
이제야
마음이
놓이네요.
고마워요,
아주 시기
적절한
위로였어요.

도움이 됐다니
다행이네요.
필요할 땐 언제라도
말해요.

피식

희수 씨도
고민이 생기면
언제라도
날 찾아요.
저도 꼭
위로해주고 싶어요.

미안하지만
전 고민을
끌어안고 혼자
굴 속에 들어가는
성격이라.

그런 종류의 고민이 있다.
다른 사람에게 말하는 순간,
사소해지는 고민.

제이와의 연락 두절은
아마도 그런 종류의
고민이었던 것 같다.

물론 희수 씨에게
딱히 그럴듯한 답변을
원했던 것은
아니었다.

하지만 그의 장난스러운 대답이
이렇게 위로가 되리라고는
생각하지 못했다.

어째서,
어째서 이렇게 위로가 되는
것일까, 하는 새로운
고민이 생기기는 했지만.

희수 씨, 계절이 바뀌는 이유 알아요?

음, 지구가 이렇게 기울어져서 그런 거 아닌가요?

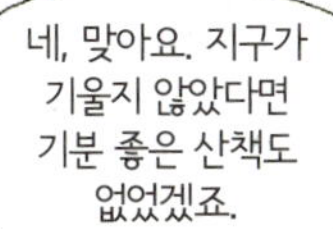

네, 맞아요. 지구가 기울지 않았다면 기분 좋은 산책도 없었겠죠.

어쩌면 우리 마음의 축도 조금 기울어져 있는 건 아닌지 모르겠어요.
뜨거워졌다가 차가워졌다가 또 어느새 뜨거워지고….

그럼 지금은 여름인가요? 아니면, 겨울?

지금은…

지금은 산책하기 좋은 환절기잖아요.

스윽 스윽

스윽
스윽

스윽
ㅇ
후두두둑

아악!!!
헉
벌떡

왜 멀쩡한 눈을
가리고 다녀?
멋있어 보이는 줄
아나본데
전혀 아니거든?
이발료는
안 받을게.
보는 내내
답답해서
혼났네.
누가
음침하다고
안 그래?
삭삭

음,
음침했어?
방금 화낼
타이밍을
놓쳤음

벌써 11시!
잠깐
잠들었는데…

너무 곤히
잠들어서
못 깨우겠더라고.
늦었으니까
오늘은 자고 가.
걱정 마.
바닥에서
자라고는
안 할 테니까.

변신!
짜잔~!

전에 이 방은
어린이가 썼나봐?

응? 왜?
천장에
야광별이
가득하잖아.

저거 다 내가
붙인거야. 어릴 때
언니가 여기 입원해
있었거든.

언니가
있었어?

응, 있었지.
나랑 같은
병이었어.

······.

쿡쿡.

나츠미?
하하하. 미안
미안. 언니 없어.
껀단너

제이는
언제 놀려도
반응이
재밌어.
아주 고마워.
옛 생각 나게
해줘서.
끄응

있잖아,
제이?

염치없는
부탁인 거
알지만
수술받을 때,
옆에 있어주면
안 될까?
제이가 옆에
있어주면…
그럼,
나,
조금
덜 무서울 것
같아.

…….

역시
무리겠지?
미안, 갑자기
이상한
부탁을 해서.
그냥
못 들은
걸로 해줘.
알았지?

자세히
보면 야광별도
반짝인다?

같이 있어줄게.
수술 마칠 때까지.

제이…

그러니까
이제 그만 울어.
자꾸 우니까
야광별이
반짝이지.
울보

그런가아….

왜,
반짝이는 게
더 예쁘잖아.
계속 울면
취소할 거야.

딸깍

뚜

종로구 동숭동 낙산공원

32

그대, 멈추지 마요

아흠.

간신히 잠들었나
싶었더니 겨우
3시간 잤네.
포우,
어딨니?

응?
희수 씨
왔나?

굿모닝,
희수 씨.
언제
왔어요?

조금
전에요.

혼자 있고
싶었는데
제가
방해했나요?

조금
전까진
그랬는데
지금은
아닌 것
같네요.

그래요?

미키는 아무것도 묻지 않았다.
그래서 난 아무 말도 하지 않았다.

포우는 원래 말이 없다.

오직 조금 멀리서 들려오는
이른 아침의 전철역 차임벨만이
그럼에도 시간이 흐르고 있다는 사실을
알려주었다.

가요.
제가 또
멋진 곳을
알아뒀어요.
산책
산책

미키가 발견한
멋진 곳이라니
아니 가볼 수
없죠.
다리에
힘이 좀
빠지긴 했지만
말이죠.
엄살은.

미키. 실패나 시련 같은 걸 통해
사람은 강해지는 걸까요,
아니면 약해지는 걸까요?

다른 사람은 몰라도,
왠지 희수 씨는 약해질 것
같지 않아요.

그래요?
사실 난 많이 불안하고
두려운데.

하지만
물러서지 않을
거잖아요.

마치 물러서면
안 된다는 명령처럼
들리는데요?

네, 명령이에요.
그대,
멈추지 마요.

어때요?
답답한 마음이
좀 풀렸나요?

다른 건 몰라도
다리는 확실히
풀렸네요.

아,
여기 이름도
지었어요?

사실, 방금
생각했어요.

'우리의 답답한
마음은 여기서
다 날려버리고.'

어때요?

우리의 답답한
마음은 여기서
다 날려버리고…

날아가라.
모두
날아가버려라.

미키, 조조 영화 한 편 보고 가지 않을래요? 다리가….

크크 다리만?

상 영 중

꾸벅
꾸벅

힘내요,
은희수 감독님.

33
정말 좋아하나요?

CGV
WARAHARA
PLACE!

으자자자자!

잘 잤어요?

다시 태어난
것 같아요.

헤에?
그 정도예요?

배고파요.
우리 밥 먹고
가요.

꼬르륵~

오케이.

응

미안하지만
아침은 같이
못 먹겠는데요?

또 무슨 일
생겼어요?

최근 문자
공포증 발생

164

희수 씨에게 했던
멈추지 말라는 말…
사실은 나 자신에게 해주고
싶었던 말이었다.

처음 며칠간은
제이의 전화를 몹시 기다렸다.
무슨 일인가 궁금했다.

하지만 그 후로는
의심이 생겼다.
그리고 내내 그 의심과
싸우기에 정신없었다.

제이가 떠난 이후
나는 단 한 장의 사진도
찍지 못했다.

사진 속에는 피사체의
모습뿐 아니라
그 풍경의 시간까지
담기기 때문이다.

난 이 시간이
오래 기억되기를
바라지 않는다.

우연히 만날 수는 있지만
우연히 헤어질 수는 없다.
그렇기 때문에…

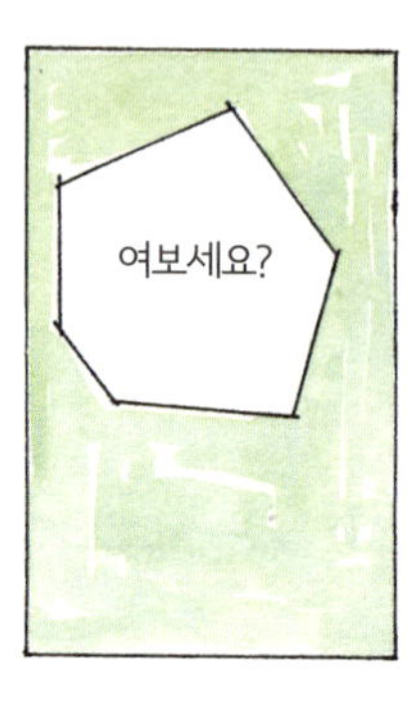
여보세요?

아, 제이.
저예요.
어디예요?

미키.
지금
집이에요.
언제 왔어요?
미리 연락해줬으면
좋았을 텐데.

방금 도착했어요.
미안해요.
연락 못해서.
급하게 가느라
충전기를 잊었어요.

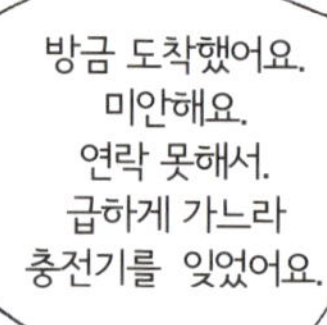
그랬구나….
피곤하겠어요.
좀 쉬어요.
나중에
또 걸게요.

지금 어디예요?
밖인 거 같은데.

네, 여기
대학로예요.

지금 그쪽으로
갈게요.

많이 피곤할 텐데
무리하지 않아도
돼요.
오늘은
싫어.

피곤하지
않아요.
1시간이면
도착할 거예요.
어디 들어가서
기다려요.

네, 그럼
기다릴게요.

만나면 어떤 표정을
지어야 하지?

보통이라면
화를 내는 게
정상이겠지만

나는 제이에게
화를 내본 적이 없다.

제이에게 화를 내는
내 모습을
상상할 수가 없다.

많이 기다렸어요?
아뇨. 생각보다 빨리 왔네요.
그런데 머리가…
아, 그럴 일이 좀 있었어요.
그것보다 그동안 전화 못해서 미안해요.
그럴 만한 사정이 있었겠죠. 안 좋은 일 같던데 잘 해결된 건가요?
친구가 아파서 수술하는 걸 보고 있었어요.
수술은 잘 끝났어요.
그랬구나. 다행이네요.
수술이 잘 끝나서.
여긴 사진 찍으러 왔어요?
혼자?
연극은 봤어요?
아, 아뇨. 그냥 연극이나 볼까 하고.
아뇨, 아직요.

그날 그 연극을 보고
웃지 않은 건 제이와 나
두 사람뿐이었다.

제이를 좋아하게 된 이유는 그의 비밀스러움 때문이었을지 모른다.

하지만 지금은 그 마음이 역으로, 나를 제이에게서 강하게 밀어내고 있는 듯한 기분이 들었다.

당신은 나를,

나를 정말 좋아하나요?

고마워요.
나와줘서.
사과는 충분히
받았으니까
이제 그만 들어가서
쉬어요.

그래야
제 마음도
편하겠어요.

그래요,
알겠어요.

제 마음도
편하겠어요

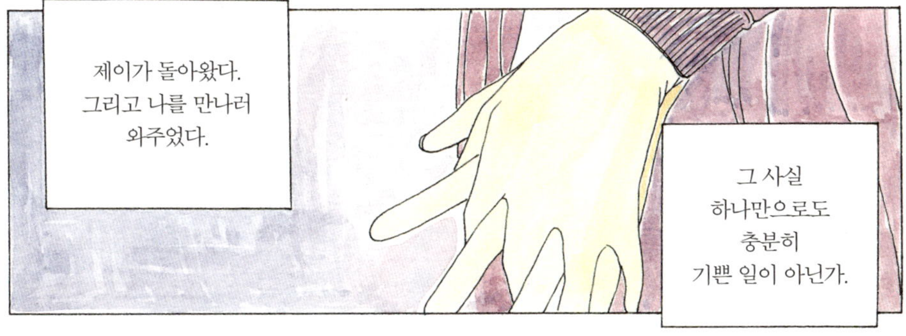

제이가 돌아왔다.
그리고 나를 만나러
와주었다.

그 사실
하나만으로도
충분히
기쁜 일이 아닌가.

아마도 우린
서로를 생각하며

같은 시간을 보내고
있었겠지만
우린 너무
오랫동안
너무 멀리
있었어.
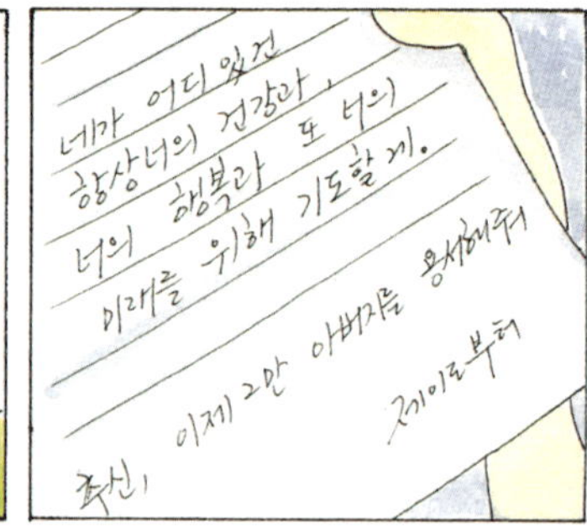
네가 어디 있건
항상 너의 건강과,
너의 행복과 또 너의
미래를 위해 기도할게.

이제 그만 아버지를 용서해주거
제이크 부터

조앤,

아무튼, 끝까지 멋있는 척은.
똑똑.
일어났니?
불편한 건 없고?
아침부터 웬일이야? 선거 유세 기간 아닌가?
이제 국회의원도 할 만큼 했다고 배짱이야?
아니다. 깨어났다고 해서 잠깐 보고 가려고 왔다.
그럼 나중에 또 오마.
쉬어라.
힘내요, 아빠.
응? 뭐?
어디서 못 들은 척은…. 두 번은 안 해.
그, 그래. 고맙다.
핑…
고마우면 장어 도시락.
그래, 장어 도시락 접수했다.

그럼 나츠미를 잘 부탁해.
간다.

또 도망치는 거야?
습관 아냐?

이번엔 그 반대야.

뻔뻔한 자식. 하지만 사양하지 않으마.
후웁

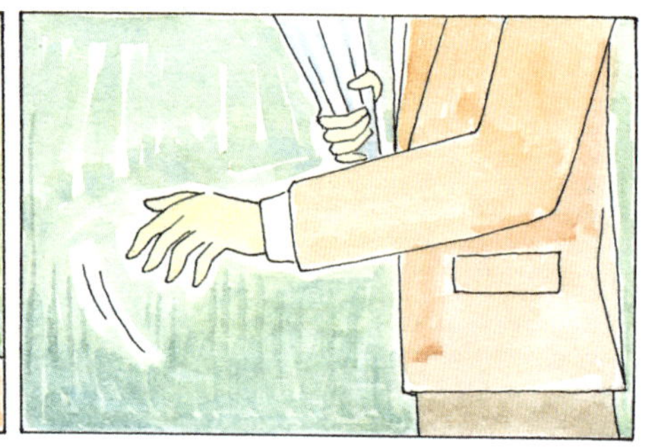

덜컥

누구십니까?

흔히들 착각하는 것 중 하나가 힘든 일을 많이 겪으면 강해진다고
믿는 것이다. 물론 고통도 경험이 될 수 있다. 경험이 쌓이면 대처
하는 능력이 생기는 것도 사실이다. 하지만 내가 보기에 사람은
자신의 능력보다는 고통에 대한 두려움에 더 영향을 받는 듯하다.

사람의 마음은 두드릴수록 강해지는 쇳덩어리가 아니다.

쥬드 프라이데이

34
정말 힘이 드는 건

ILFORD
100
FILMBOOK
PENTAX

톡

흠, 그새
짐이 많이
늘었네.
후.
아무래도
책은 다
못 가져
가겠는데?

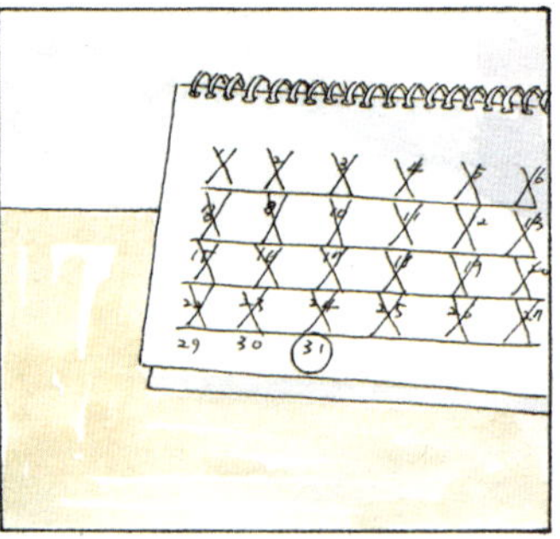
29 30 31

정말 며칠
안 남았네?

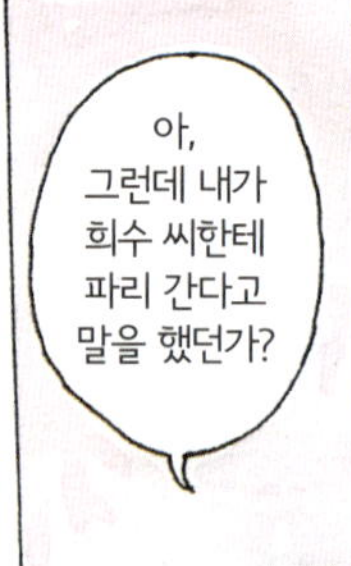
아,
그런데 내가
희수 씨한테
파리 간다고
말을 했던가?

양?

그것보다 더 큰 문제는 말이지…
아직도 내 마음을 모르겠다는 거야.
어떡하지, 포우?
양.
살랑 살랑
아… 가을바람….
사토미
통화
받기 싫다 정말
포우, 대신 받아주면 치즈케이크 사줄게.
양~

어육소시지!
짠-
이래도?!
딴청
♪
알았어. 오늘 점심은 굶는 걸로.
이게 배가 불렀?
여보세요? 선배?
양!
벌떡!
잤어? 나중에 다시 걸까?
출판사 사토미선배
아니에요. 괜찮아요.
양! 양!
저리가 바보야.
그날 아침, 사토미 선배는 누가 날 좀 만나고 싶어 한다며 미팅을 잡아주었다.
아, 미키 씨? 만나서 반갑습니다.
저는 서울시 관광 팀의 홍상우라고 합니다.
예쁘다 예뻐
예뻐다 예뻐
예쁘다 예쁘다 예뻐다
아, 안녕하세요?
이렇게 뵙자고 한 건, 미키 씨가 찍은 서울 길 사진을 서울시 홍보 사이트에 걸어보고 싶어서입니다.
잘해봐 잘해 잘해
잘해 넣자
넣자 잘해봐 잣자
잘해 넣자
39. Yes. 이혼

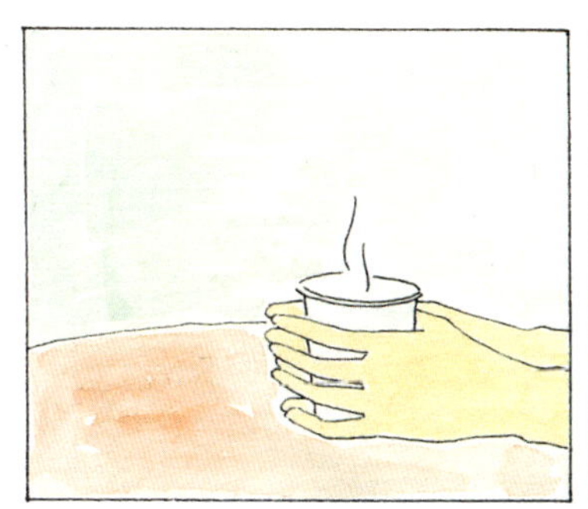

그래, 난 아직 결정을
내리지 못했다.

홈페이지뿐만 아니라 이후 국내외 여행자를 위한 서울 길 안내 책도 만들 예정입니다.
미키 씨 커리어에도 많은 도움이 될 수 있을 거라 생각합니다.
개인적으로도 미키 씨가 찍은 서울 길 사진이 좋아서 이번에 꼭 같이 작업했으면 하고요.
저…
좀더 생각해봐도 될까요?
그럼, 이달 말까지 답을 주실 수 있을까요?
혹시 제이 씨에게는 언제 연락하셨죠?
어제 오후쯤에요.
혹시 제이 씨가 저에 대해선 아무 말씀 안 하시던가요?
악, 내가 지금 뭘 묻는 거야?!
아뇨. 제이 씨는
미키 씨에게 직접 의향을 물어보라고만….
아, 네.
대체 뭘 기대하고…

어쩌면 나는
나의 결정을 도와줄
작은 단서라도 있기를
기대했던 걸까?

나는 마치
이미 결과를 아는
채점지를
펼치기 두려워하는
어린 학생처럼,

그날 오후 내내
길을 헤매고 있었다.

SMC PENTAX-M 1:1.7 50mm

다녀왔습니다.
후
힘들다

양.
집주인
↓

희수 씨 왔네.
아니 무슨
자기가 잠자는
숲속의 왕자야
볼 때마다
자고있미 ㅋ

포우 넌 맛있는
거만 먹으니까
이런 거 필요 없지?
양!
나 쥐 나쥐
쥐 나 쥐 나
나쥐 쥐 나쥐
나쥐
연어육포

이불 덮고
자야지요.
이런 데서
주무시면
얼어 죽어요.

사, 살려…

FORD
PAM

쏴
아
아

툭
툭

양.

벌써 나가요?

굿모닝.
깨어 있는 거
보려고
기다렸어요.
생각보다 일찍
나가네요.

일찍 나가서
다행이네요.

영화 만드는 건
정말 힘든 거구나
하는 걸
희수 씨 보며
느껴요.

아뇨.

정말 힘든 건,

오히려 하고 싶은 걸
하지 못할 때예요.
꾸욱

사실
지금이 제일
신나는 때죠.
화이팅.
네, 아주
신나
보여요.
희수 씨?!
네?
……
저, 실은…
미키, 무슨 일
있어요?
아, 아니에요.
아무것도.
잘 다녀와요.
무슨 부부같은
대사를…
네, 그럼
다녀올게요.
잘 자요.

희수 씨는 자신이 원하는 곳에
자신이 원하는 모습으로
서 있다.

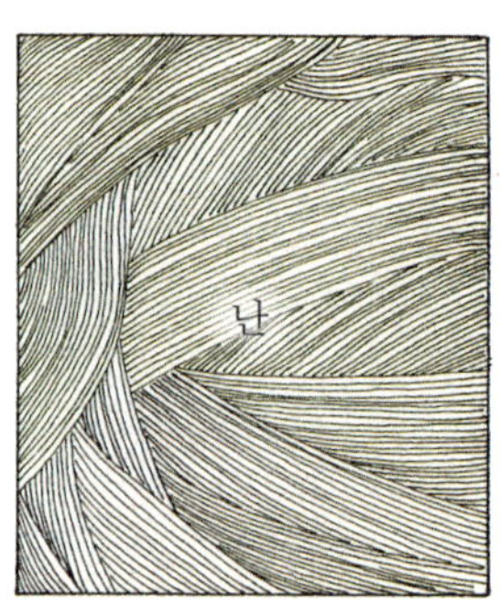

196

길가에 핀 작은 꽃들을 좋아한다. 생기 있는 그 모습을 보다가 왠지 모를 용기를 얻기도 한다. 주위의 색으로 자신의 피부색을 바꾸는 것과는 달리, 어쩌면 그러한 아름다움이 오히려 자신을 짓밟지 못하게 하는 보호색 같은 역할을 하지는 않을까 생각해보았다.

가끔씩 인생이 지나치게 포악해 보일 때가 있다. 그럴 때마다 나는 더 흉측한 괴물이 되느니 차라리 저 들꽃처럼 아름다워지자고 다짐한다.

물론, 말처럼 쉽지는 않다.

쥬드 프라이데이

동대문구 경희대로 경희대학교

35
쓸데없는 농담이 부른 비

계속 흐리네요. 차라리 비가 내리길 기다리는 게 빠르겠어요.

그럼 좋겠지만 우진 씨 일본 스케줄 때문에 오늘 촬영 끝내야 해.

조감독님은 상태가 많이 안 좋아요? 입원까지 하시고….

응. 일단 승진이가 대신 진행할 거야. '조감독 대리'로.

볼 만하겠네요. 오늘 촬영.

쿠르르릉

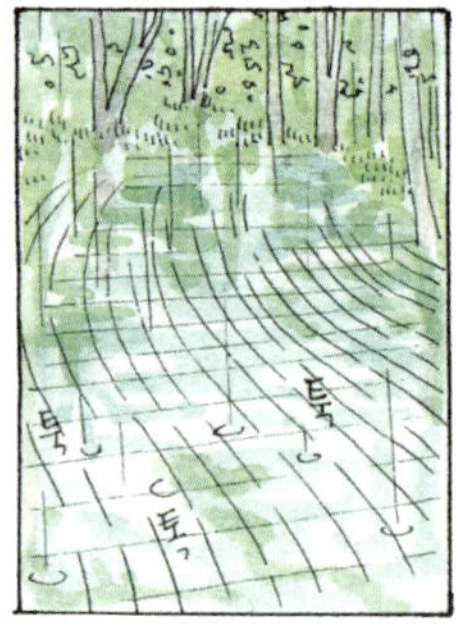
툭
툭
툭

자, 이제 그치기만 기다리면 되겠네.

야! 장비 치워!
쏴아아
일단 탑차로!
우비 챙겨!
일단 대기. 기다려보자.
네.
조감독 대리! 철수? 대기?
드디어 휴식인가! 가자! 동동수 해물파전!
일단 대기하시라는데요?
아 ─ 나도 해물파전!
대리! 철수지?! 철수지?
철수라고? 알았어!
해물파전!
아뇨, 일단 대기요.
나도 가고 싶어요.
왜? 비 오잖아! 안 보여?
그냥 가자! 술은 내가 산다!
좀 쉬자!
삐질
삐질
아무튼, 감독님이 기다려보자고…
조감독은 언제 오는 거야?
조감독 대리! 왜 철수 안 시켜?
글쎄, 나도 가고 싶다고.
보조출연 보내요, 말아요?
비 좀 보라고!
부들
부들
밥은?
대리!
무슨 5분 대기조야?
어이, 대리.

비 오는 게 내 탓이야?! 왜 자꾸 나한테 그래?!!!
휙
그럼 이 비가 내 탓이냐? 왜 나한테 그래.
주글래?
뚜둑
뚜둑
다시 생각해보니 아무래도…
이 비는 제 탓인 것 같아요.
그래, 이게 조감독 대리 다 너 때문이야.
어떻게 좀 해봐.
비를 그치게 해드릴까요,
아니면 여길 침수시켜 버릴까요?
어느 쪽이든 상관없지만 빨리 하는 게 좋을 거야.
안 그러면 재미없는 농담을 한 죗값을 치르게 될 테니까.
쓸데없는 농담이 시간을 윤기 있게 만든다,
뭐 이런 말 들어보신 적 없나요?
아주 많이 맞으면 볼때기에 핏빛 윤기가 흐르긴 하겠지.
윤기를 원해?
앙?

너무 자책하지 말고, 결정되면 제일 먼저 알려줘.
비는 딱 질색이야.

저도 오늘만큼은 딱 질색이네요.
이 비가 다 내탓이로구나!

이른 아침부터 내리기 시작한 비로
언제나 전쟁터 같던 현장에
잠시 평화가 찾아왔다.

일기예보에는 오후 내내
비가 내린다고 했지만
어떤 사정으로
우리는 비가 그치길 기다릴 수밖에
없었다.

촬영을 빨리 마쳐야 한다는
내 조바심에,
어쩌면 이 비가 브레이크를
걸어준 것일지도 모른다고 생각하니
조금은 가벼운 기분이 되었다.

카프카는 조바심이 모든 일을
그르친다고 말했다.

1~2시간 빗속을 걷자니
미키와 나누었던 대화가
떠올랐다.

우리는 그날
서로가 좋아하는 것들에 대해
또 싫어하는 것들에 대해
이야기를 나누었다.

아주 길게 느껴진 하루였고,
아주 많은 대화를 나눈 날이었고
그런 내가
아주 신기하게 느껴진 밤이었다.

속으로
난 미키가 이상한 사람이라고
생각했지만
어쩌면
누구가와 그런 대화를 나누길
무척이나
기다리고 있었는지도
모른다는 생각도 들었다.

계절이 바뀌었을 뿐인데
그 시간의 기억은
마치 지구를 몇 바퀴나
돌아온 것처럼 멀게
느껴지는 게

그동안 우리에게 많은 일이
일어났기 때문인지
아니면 이 여름이
지나치게 길었던 탓인지
잘 모르겠지만,

어찌 됐건
이렇게 비가 내리는 날이면
떠올릴 기억이 생겨

문득,
고맙다는 말이 하고 싶어졌다.

미키를 처음 만났을 당시,
나는 오랫동안 꾸었던 꿈을
날려보내려 했다.

하지만
미래에 대한 걱정과 불안,
외로움과 두려움 속에서
그녀와 나눈
의미 없어 보였던 대화가
이제 와 생각해보니

내게
깊은
아주 깊은
위로가 되었다.

그리고
그녀의
작은 동감이 내게
힘이 되었다.

해야 했지만
결국 하지 못했던 말들은
작은 먼지가 되어
바닥에 쌓여 있다가

잊혀 있다가

오늘처럼 떨어진
빗방울을 맞고 튀어 올라,

진한 흙냄새가 되어
코끝을 찌른다.

오늘 아침
미키는 나가려던 나를
불러 세웠다.

웬일인지
난 그녀가
작별인사를 하려는 줄 알고
당황했다.

그리고
언젠가
우리가 굿바이를
할 때에는,

그렇게
갑작스러운 작별이
될 것 같은 기분이 들었다.

나는 어쩌면,
아니 분명

오늘 아침
미키에게 작별인사를 받았다면
아무 말도 하지 못하고

고마웠다는 말도,
다시 만나자는 말도
하지 못하고

아무렇지 않다는 듯이
그녀를 보냈을 것이다.

결국 우린,
우연히 만난 것처럼

우연히 작별할 것이다.

하지만 어쩐 일인지
그 당황스러움이,
오후까지 그치지 않는
빗줄기만큼이나
신경이 쓰여 견딜 수 없었다.

~머
엉~
스윽

톡
땡큐.

역시 비 오는
날엔 뜨겁고
진한 커피지.

쳇.

…….

혼자
뭐 하냐?
왕따
조감독 대리.
마시던
커피 좀
줄까?

제가 뭘
잘못해서
비가 안 그치나
생각 중입니다.
뒀거
든요.

그럼 빨리 찾아.

뭐 짐작 가는
데라도 있나요?

어울리지도 않는
농담을 했다거나.

아,
그거였군요.
그거였어.
그래서였어.
=3 푸

조감독 대리. 나이트신으로 돌린다. 조명 팀에 알려주고 크레인 불러.
네?

비는요?

네가 뭘 잘못했는지 알았으니까 이제 그치는 거 아냐?

아, 그럼요. 아무렴요.
긁적 긁적

조감독 대리입니다.
치직

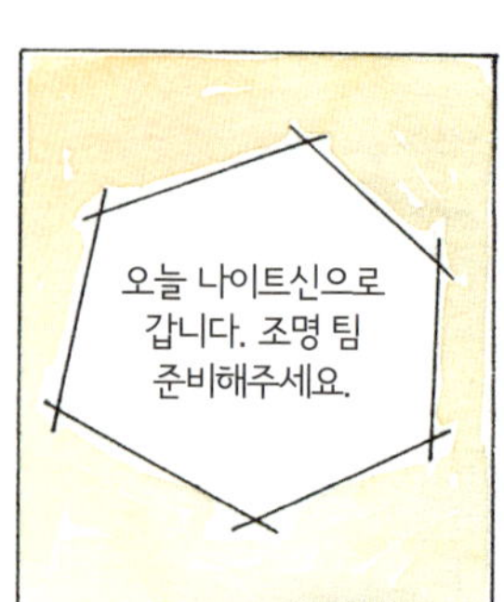

오늘 나이트신으로 갑니다. 조명 팀 준비해주세요.

야! 우리가 등에 조명 지고 다니는 줄 알아?!
이게 무슨 책상 위 스탠드야? 스위치 올리면 불 켜지게!
이크

아~ 잘 안 들리지 말입니다.
긴장하면 군대말투

여기 있다, 인마! 귀가 썩었냐!
쾅
井 이제 들리지 말입니다 井

31
Paris!

인천광역시 중구 운서동 인천국제공항

36
그래서, 오늘의 오므라이스

216

도착했나요?

가고 있어요.
벌써 도착했어요?

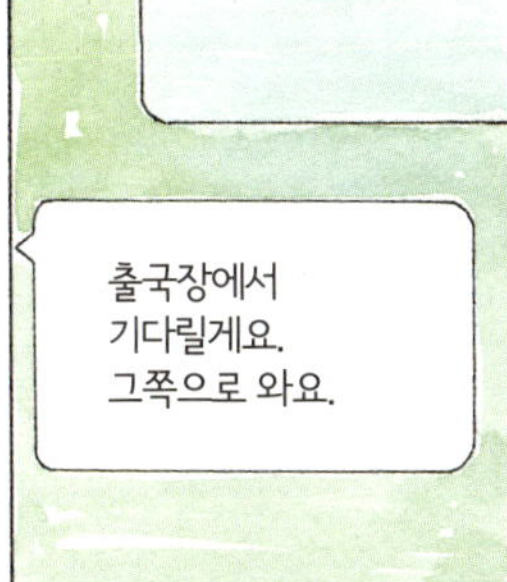
출국장에서
기다릴게요.
그쪽으로 와요.

네, 조금만.
5분이면 도착할
거예요.

제이.

너무 일찍 출발해서
많이 기다릴 줄 알았는데
미키도 빨리 왔네요.
아직 수속 전이니까
커피라도 마시며
기다려요.

제이…

미키,
짐은?

제이,
미안해요.
전 파리에
가지 않기로
했어요.

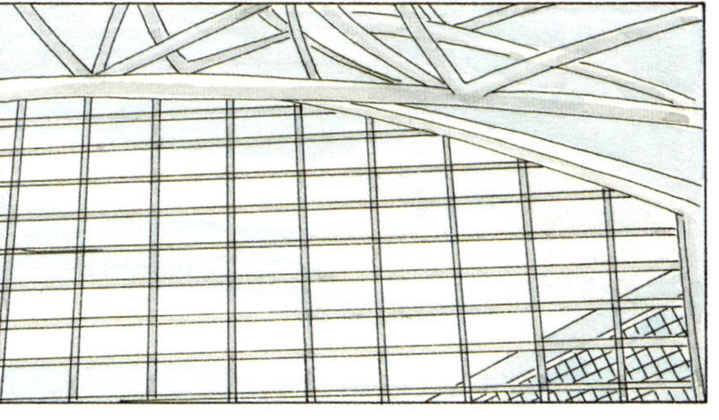

미키.
알아요?
사실 전
제이를 만나러
서울에 왔어요.

약속하지는 않았지만
서울을 계속 걷다보면
만날 수 있을까 하고
기대했죠.

그런데 정말
제이와 다시
만났지 뭐예요.

제이는 제게
어떤 동기를 줬어요.
자세히 설명하긴
힘들지만,

반복된 생활에서
벗어나 스스로 뭔가
할 수 있는.

"그래서 마음속으로 많은
의미가 되었나봐요.
무척,
무척 고맙게 생각해요,
제이."

"하지만 제이,
곰곰이 생각해봤는데
제가 정말 찾고 싶었던 건
…
당신이 아니라
제 자신이었던 것 같아요."

지금 제 자신을
찾지 않으면
언제까지나
누군가에게 제 미래를
기대야 할 것
같은 기분이 들어요.

그래서,
전 조금 더
서울에 머물기로 했어요.
그리고
좀더 다가가보려 해요.

GATE 1

제가 원하는
제 모습에.

제이….

응원할게요,
미키.

적어도 내가 보기에
미키는 이미 자신이 원하는
모습을 찾은 듯한
기분이 들었다.

그녀의 눈빛,
그녀에게서 넘쳐흐르는 생기,
자신의 길을 선택한
사람만이 가질 수 있는
당당한 입매까지…

지금까지 보아왔던
그 어떤 미소보다 아름다운.

그의
두 번째 뒷모습에선
비가 내리지 않았다.

느을

이거,
잃어버리지
않았나요?

네?

전 도망쳤어요.
잘했어요.

한스 기벤라트 군.
아주 지쳐버리지
않도록 하게.
그렇지 않으면
수레바퀴 밑에
깔리게 될 테니까.
난 도망치는 게
비겁하다고
생각하지 않아요.

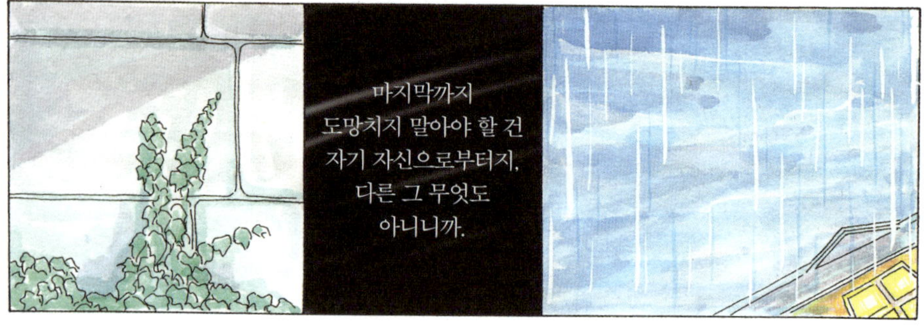

마지막까지
도망치지 말아야 할 건
자기 자신으로부터지,
다른 그 무엇도
아니니까.

다행이에요.
제이를 만나서.
그리고
또… 다시 만나서.

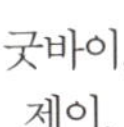

굿바이,
제이.

딸랑~

어서 오세요!

어서 와.

양!

넌 우리 집 고양이잖아. 바보야.
양
양

오늘 아침밥을 준 자가 나의 주인님이란 옛말이 있지.
거짓말하지 마.

딸랑~

어머, 희수 씨 왔어요?

미키.

희수 씨 식사했어요? 같이 먹고 들어가요.
전 오늘의 오므라이스 세트 부탁합니다.

오늘의 오므라이스 세트 주문 받았습니다. 감사합니다.
요새 제이씨가 안 보이네요?

그럼 난 어제의 오므라이스 세트로.
사실은 어제의 카레는 먹고 싶지만…

어제의 오므라이스는 다 버렸다.
몇 번을 말해. 여긴 심야식당이 아냐

미키 씨 어디 갔다 왔어요? 옷이…

?

아뇨.

계절이
바뀌었잖아요.

피식

난 늘 조급히 뭔가 변하기를 바라면서도
동시에 어떤 것들은
언제까지라도 변하지 않기를
기대한다.

오늘도 컵을 닦는 손상준과
미키가 옆에 있어서,
어제와 같은 커피와
오므라이스 세트가 있어서

그래서
오늘도
안심이다.

그래,
포우 너도 있고.

언젠가 오랜만에 만난 대학 친구가 보여달라고 한 적도 없는 자신의 그림을 보여주며 말했다. 이제야 자신이 가야 할 길을 찾은 것 같다고, 왜 이렇게 돌아왔는지 모르겠다고. 그 시간이 아깝다고도 고백했다.

난 단지 네가 필요했던 시간을 보냈을 뿐이라고 그를 위로했지만 어쩌면 그 말은 사실 내게 하고 싶었던 말인지도 모른다. 나도 모르는 사이에 내가 듣고 싶은 말을 입에 담는 습관이 생겼는지도 모르겠다.

우리는 너무 많은 시간을 흘려보냈지만 사실 지금 그렇게 생각하는 것도 그렇게 버려진 것처럼 보이는 시간들 덕분일 테니까.

그러니, 무의미한 시간 같은 것은 없다.

쥬드 프라이데이

마포구 상암동 하늘공원

37

오케이, 오케이

S# 101 C# 3
TAKE #

하아

흠
흠

오케이.

오케이?
정말
인가요?
농담
아냐?

별로 마음에
안 드나본데,
그럼 다시…
푸

오케이!!!

만세!
끝났다!
수고했어!
끝! 끝!
와아—
수고 했어!
만세!
짝
수고 하셨습니다.
짝짝
짝짝

은희수 감독님?

?

수고하셨습니다. 분명 좋은 영화가 될 겁니다.
편집도 힘내주세요.

어려운 시기에도 끝까지 현장에 남아주셔서 감사합니다. 잘 마무리 하겠습니다.

축하해. 은희수 감독님.
편집이 남긴 했지만.

미안하지만 추가 촬영 있어. 녹음도 있고.
기쁘지?

아주 고마워.
그런 의미에서
악수…

아, 그래.

보다는
역시.

야, 야.
이런 순간에
어울리는 건
따뜻한
포옹 아니겠어?

여기
기자들도
있거든?
그만하지?

그럼,
키스해줄까?

자,
여기까지.

치,
영광인 줄도
모르고
말이지.

오,
나이스샷.

축하해요~

응? 생일인 건 어떻게 알았어?

생일이었어?

아니었어?

크랭크업 축하 파티!

그런 거야?

자, 이제 생일 케이크로.

나이를 세는 방법이…?

생일도 축하해요~

그야말로 겸사겸사로군.

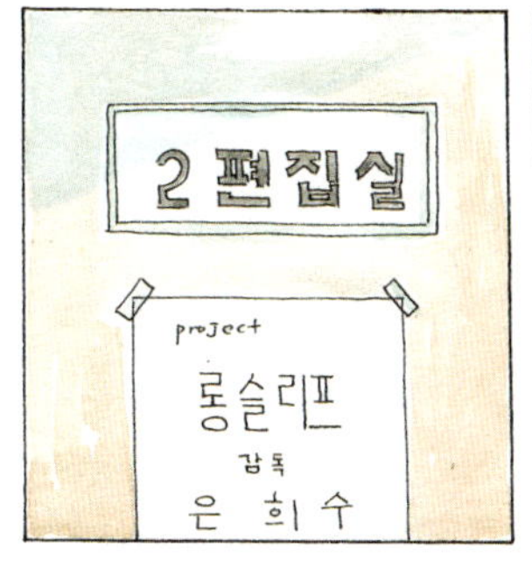
2편집실
project
롱슬리프
감독
은 희 수

14:08

딱!

꿀꺽

!

오후쯤부터
눈이 내리기
시작했다.

어렸을 때처럼
눈을 좋아하진
않는다.

길도 막히고
걷기도 불편한 데다
머리가 젖는 게
싫어서.

아, 그런데 어릴 땐
좋아했던가?

그래, 사람은
쉽게 변하지 않는다.

새하얀 풍경에
세상이 깨끗해지는
기분이 든다고?

새하얀 풍경 속에
혼자가 된 기분은?

고독이란 말을 안다고
외로움에 익숙해지는 건
아니다.

풍경이 달라진다.

계절과
날씨에 따라

또 함께 걷는
사람에 따라.

스마트폰 인서트하세요

배우 강예나, 영화감독과 열애설
신작 영화 〈롱슬리프〉를 통해 깊어진…
오늘 기자시사회에서 공식 발표 예정

아차차.

은 감독, 스캔들 기사 난 거 봤어?!!
네, 봤어요.
예나 씨도 봤어?
네, 저도 봤어요.
더 하츠

슬리프
기자 시사회
배우 대기

그럼에도 여기서 마음 졸이고 있는 건 나 혼자 맞지?
그런 거지?
불안
불안

저도 걱정이에요. 아, 큰일이네.

아, 저도 마음 졸이고 있는 걸로.

그래, 분명 그럴 줄 알았어.
긴장한 표정들이 역력해. 아주.

예나 씨!
강예나 씨, 여기요.
이쪽이요!
번쩍
찰칵
번쩍
번쩍
번쩍
찰칵

찰칵
찰칵

강예나 씨?
이번 영화를 통해
만난 은희수 감독님과
사귄다는
기사가 났는데
사실인가요?

어떤가요?
잘 어울리나요?

노코멘트로
일관하라는
윗선의 지시가
있었습니다.
진지
진지
지시요?
누구 지시죠?

하하,
윗선은
누구일까요?
은희수
이 자식…

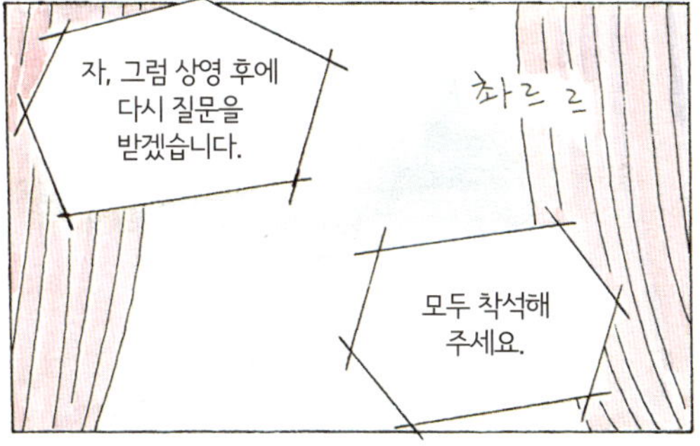

자, 그럼 상영 후에
다시 질문을
받겠습니다.
차르르
모두 착석해
주세요.

이거 정말
괜찮은 거야?

이만한 저비용
고효율 마케팅이
있는 줄 알아?
누가 봐도 내가
손해라고.
잠자코 협조해.
윗선.

네~ 네.

맞지?
확실해.
가자!
은희수
감독님?
은 감독님
맞으시죠?
롤링!
KBC <연예가토크>에서
나왔습니다.
강예나 씨와
연애 중이라고
기사가 났는데,
오늘 기자시사회에서
인정 안 하셨잖아요?
어떤가요?
사실 맞나요?
저 은희수
아닌데요?
진지
진지
네?
아니신가요?
잘못
보셨네요.
당당
당당
아,
죄송합니다.
그럴 수도
있죠. 뭐.
꾸벅
양!
쉿!

Jude Findey

중구 회현동 남산

38

서울 하늘

다녀
왔습니다.

양!

포우,
미키 씨는?

양~

집에 오면
연락 줘요.
- 미키

텅~

♪
희수

희수 씨,
집에
왔어요?
무슨
일이에요?
가출했어요?
짐이 안
보여서.

네, 맞아요.
가출했어요.
오늘 우연히
희수 씨 기사를
봤거든요.
만약
기자들이 우리가
같이 지내는 걸
알면
일이 커지겠다는
생각이
들어서요.
그것
때문에
야반도주한
거예요?
안 그래도
되는데
말이죠.

밖에 기자들 없던가요?
정말 괜히 겁먹었나?
그게… 있더라고요. 대신, 눈썰미 없는 기자들.
그것 봐요. 서둘러 나오길 잘했네요.
지금 어디에요?
전에 있던 레지던스예요. 여기에 며칠 있다가 일본으로 돌아가려고요.
아…
일본에요?
시청 일은 다 끝났어요?
툭
양!
네, 오늘 사진들 다 전달하고 왔어요.
홀가분하기도 하고 살짝 불안하기도 하고 그러네요.
AT FOOD
잘 나올 거예요. 분명.
걱정 마요.
아, 오늘 기자시사회였죠? 반응은 어땠어요?
신기해요. 내가 아는 사람이 영화감독이고 그 영화가 극장에 걸리다니.

일본엔, 언제 돌아가요?
이제, 빨리 가야죠.
기다리는 사람(가족)도 있고.
한 달 예정으로 왔는데 벌써 1년이 다 되어가네요.
아, 제이 씨가 먼저 일본으로 갔군요?
어쩐지 요새 안 보인다 했어요.
아, 제이 씨는 지금…
딩동~
아, 누가 왔나봐요. 잠깐만요.
누구세요?
딩동~
네, MBS에서 나왔습니다. 은희수 감독님 댁 맞으시죠?
오! 열렸다.
끼익
야?
……
희수 씨, 저 일본 가기 전에 남산에 한 번 더 가지 않을래요?
남산에요?
네.
서울 떠나기 전에 다시 가보고 싶어서요.

끊어진 전화기를
아무 생각 없이
계속 바라보고 있었다.

아마도 하고 싶은 말을
하지 못해서겠지.

미키의 옆에서
이 사진을 봤을 때는
나뭇잎이 바람에
나부끼고 있는 듯한
기분이 들었다.

그런데
지금은 어쩐지
그 나뭇잎 부딪히는
소리가 들리지 않는다.

마치 얼어버린 듯…

그래,
기분 탓이겠지.

이렇게
다른 걸까?

이 거실이
원래 이런
느낌이었나?

며칠 후.

오늘은 새 영화
소식으로 시작할게요.
개봉 첫 주 50만 관객을
돌파한 한국영화
<롱슬리프>는 SF라는 장르적
한계를 로맨스와 접목시켜
관객들의 좋은 반응을
얻고 있는데요,

강예나 씨와
이 영화의
연출을 맡은
은희수 감독과의
열애설로 먼저
화제가 됐었죠?

강예나 씨는 이번 영화의
투자자로 나서서 두 사람의
깊은 인연을 과시했는데요.
두 사람이 아직 공식적인
입장을 밝히진
않았지만…

이번 주에는 은희수 감독의 자기부정 동영상이 화제죠?

보셨나요?
'저 아닌데요?' 하는 표정이 너무 진지해 빵 터졌어요.
롱 슬리프

STOP
아무튼 전 두 분 잘됐으면 좋겠어요. 영화배우와 감독, 너무 낭만적인 조합 아닌가요?

PHOTO ALBUM

제게는 언제쯤 이런 로맨스가 찾아올까요?
그래서 조규찬이 부릅니다.
<서울하늘>.

그날의 남산 산책은
여느 때와 크게
다르지 않았다.

이것이 미키와의 마지막 산책이
될지도 모른다는
생각을 제외하면 말이다.

우리는 사소한 대화를
나누었고
잠시 말없이 걷다가

다시 어느샌가
이야기를 나누고 있었다.

대화가 멈추었을 때는
애써 무슨 말을 해야 할까
고민하지 않았다.

그 시간은
우리가 지나치는 풍경이
대신 채워주었기 때문에,

정적이라고 부를 만한
순간은 쉽게 찾아오지 않았다.

날씨는 잔뜩 흐렸다.

미키는 그날
버스를 타고 오며
〈서울하늘〉이란 제목의 노래를
들었는데,

가사가 어찌나
인상적이던지
하늘만 보면
'외로워'라는 글씨가
새겨져 있을 것 같다고 했다.

한 줄짜리 가사가
도시에 대한 인상을
송두리째 바꿔버릴 수
있다는 데 경의를
표하고 싶다고도 했다.

나는 외로운 하늘이란
대체 어떤 모습일까
궁금해지기 시작했다.

오늘처럼 엉망으로
흐린 날일까,

아니면 의외로
구름 한 점 없는
맑은 하늘일까.

그런 생각을 하고 있는데
갑자기 무슨 생각을 그리
심각하게 하냐며
미키가 물었다.

이런 생각을 하고 있다고
말하자 미키는
"아주 오랜만에,
혼자 바라본 하늘은
무조건 외롭지 않을까요?"
라고 말했다.

하긴, 누군가와
함께 바라본 하늘이
외롭게 느껴진다면

그건 정말로
뭔가 잘못된 일일 거라는
생각이 들었다.

"같은 풍경이라도
혼자 보는 것과
누군가와 함께 바라보는 건
왜 다른 느낌이 들까요?"라는
미키의 질문에,

난 "잘 모르겠지만,
아마 같은 걸 먹어도
혼자 먹는 거랑
누군가와 함께 먹는 게
다른 것과 비슷하지
않을까요"라고
대답했다.

미키는 동감한다는
말과 함께,

그런데 중요한 건
아마도 '함께'가
아니라 함께하는
'누군가'일 거라고
덧붙였다.

'누군가'와 함께
바라본 하늘.

미키와 함께
바라본 하늘은….

바로
여기예요.

네?

사진 한 장
찍어도
될까요?

아…

처음 본 사람이
사진을 찍어도
되느냐고 물어서
이상하게 생각하지
않았어요?

사실 그것보다는…
그때 미키가 했던 말
기억해요?

여기서 가장
어울리는
표정이란
말이요?

왜지 그게 대체 어떤
표정인지 신경이
쓰이더라고요.

내가 어떤 얼굴을
하고 있었는지.

음,
그때는 설명하기
힘들었는데, 지금은
말할 수 있을 것
같아요.

아주, 아주 외로운 표정이었어요.

그랬나요?

"제발 내게 말을 걸어주세요~"

라고 말하는 것 같았달까?
설마.

하하, 아님 말고.

아마 제가 누군가를 붙잡고 말을 걸고 싶었는지도 모르죠.
난 그대로인데 세상이 변해버린, 그래서 나만 혼자인 그런 기분?
희수 씨 영화에서 여자 주인공이 냉동되었다가 미래에 깨어나잖아요?
그런 기분이 들었어요. 오랜만에 서울에 와서 남산에 올라보니,
그런데 바로 거기 저랑 비슷한 표정을 한 사람이 서 있었던 거죠.

우리는 또 잠시
서울 하늘을,
그리고
서울 하늘 아래를
바라보았다.

미키는 최근 새로운
소설을 읽기 시작했는데
인간의 장기이식을 위해
복제된 아이들이
자신의 운명을 순순히
받아들이며
살아가는 이야기라고 했다.

내가
무섭고 슬픈 이야기라고 말하자,
미키는
그렇지만
아름다운 이야기라고 했다.

내가 소설의 제목을 묻자 미키는 어쩐 일이지 기억이 나지 않는다고 말했다.

잠시 후 미키는 가방에서 앨범 하나를 꺼내 내게 내밀었다.

PHOTO ALBUM

사진 앨범?

제가 찍은 사진들이에요.
이게 선물이 될지 모르겠지만, 그동안 공짜나 다름없는 숙소를 제공해주고
또 친구가 되어준 보답이에요.

고마워요. 잘 간직할게요.

그럼, 우리 여기서 굿바이 해요.
같이 내려가면 또 신촌까지 걷자고 할지 몰라요.
또 사람들이 희수 씨를 알아보는 것 같아요.

그럴 리가…
맞지? 맞지?
그 감독이지?
정말?
어디?
화제라죠?
은희수 감독의
자기부정 동영상?
그럼, 저 먼저
갈게요!
정말?
여기서?
지금?
또 봐요.

피식

역시,
예상치 못한 작별.

미키의 사진 속에서
그녀의 목소리가
들려왔다.

나는…
미키의 목소리와
미키와의 대화를
좋아한다.

그녀와 함께하는
산책을 좋아하며
함께 마시는 커피를
좋아한다.

분명 내가,
미키를 좋아하고 있기
때문일 것이다.

39
외출

…….

…….

자정이 넘었는데도
제가 여기 있으면
사장님이 기다리는
그분이 들어오시기
힘들겠죠?

은희수 씨가
말해줬어요.
사장님이
여기서 나가지
않는 이유….

그래서 저도 여기서,
사장님 옆에서
붙어 있어볼까
고민해봤는데,
그건 좀
아닌 것 같고….

…….

이런 얘기를
들은 적이
있어요.
누군가를
좋아한다면
그 사람의
모든 면을
인정해야 한다고.
당연한 거겠죠.
부위별 메뉴도
아니고, 또
제가 허락을 받고
좋아하는 것도
아니고.

사장님이
언제까지
<시네마천국>
흉내를
내고 싶은지
모르겠지만
제가 그런
사장님을
인정하고
또 기다릴 수
있는지 생각을 좀
해봐야겠어요.
반짝
반짝
탁

쓱
쓱

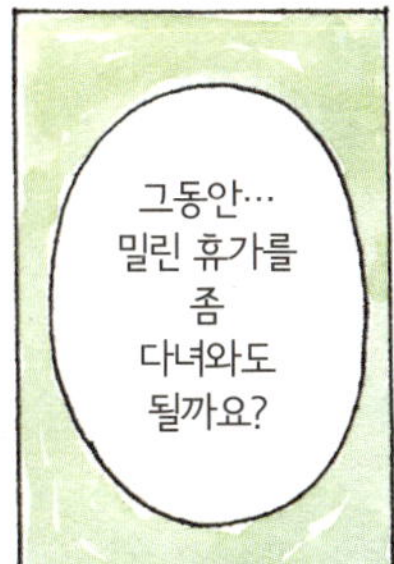

그동안…
밀린 휴가를
좀
다녀와도
될까요?

멈칫

그럼,
그렇게
해요.

그럼,
나중에
봐요.
역시
안 잡는구나
허샴 멍게 말미잘

딸랑~

......

바보
똥깨
멍충이

딸랑~

양!

오늘의
오므라이스
세트.

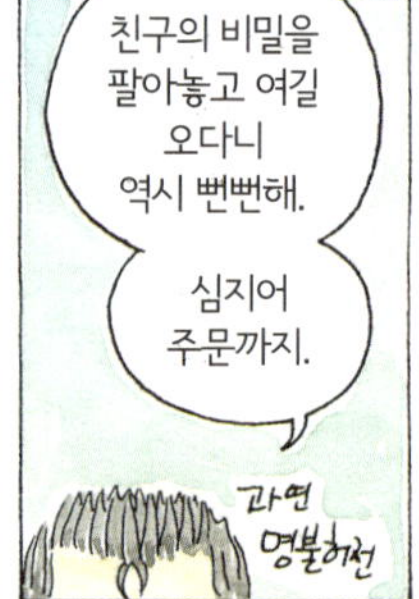

친구의 비밀을
팔아놓고 여길
오다니
역시 뻔뻔해.

심지어
주문까지.

과연
명불허전

달그락

그건 그렇고.
영화, 반응이
좋다던데 축하해.

아, 솔직한 심정을
말하자면,

불안한 마음은
조금도 가시질
않았어.
?

처음엔 어떻게
입봉했다 하지만
다음 작품은
찍을 수 있을까?
두 번째 작품은
더 나아졌다는
평가를 받을 수
있을까?
입봉작 내놓고
사라져간 수많은
감독 중 한 명이
되는 건 아닐까….

그게
걱정이었으면
애초에 시작하질
말았어야지.

왜, 평생
기다릴 것도
아니면서
카페를 인수하는
누구도 있잖아.

고맙군.

고맙긴. 여기서
밥을 계속 먹을 수
있는 방법은 뭘까
깊이 고민해본
결과야.
양~

어련하시겠어.
그 고민으로
여태
걸어다닌 거냐?
이 눈 속을?

만약 오면 어떻게 할 생각이었어?

글쎄, 처음엔 다양한 버전이 있었는데…

지금은 그냥,
탁
스윽

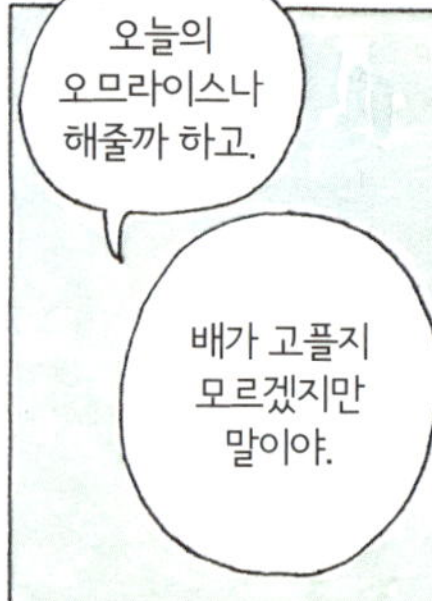

오늘의 오므라이스나 해줄까 하고.
배가 고플지 모르겠지만 말이야.

그리고?

그게 다야. 내 마지막 시나리오는.

그렇군.

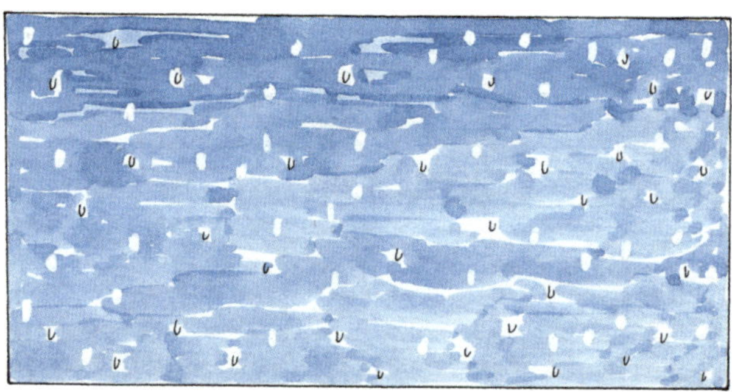

그럼, 간다.
냥~

딸랑~

♪
♪

탁

슥 슥

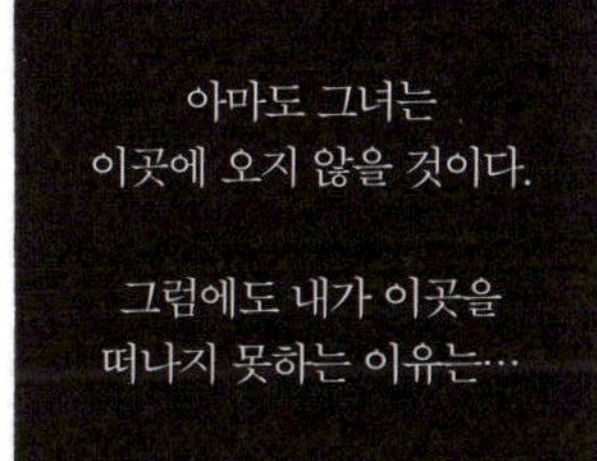

아마도 그녀는
이곳에 오지 않을 것이다.

그럼에도 내가 이곳을
떠나지 못하는 이유는…

탁

탁

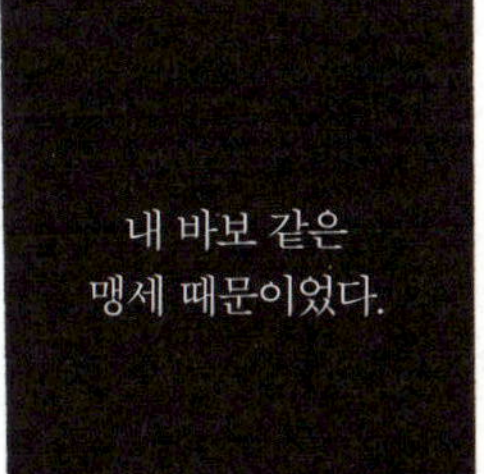

내 바보 같은
맹세 때문이었다.

절대 널
떠나지 않을게.

거짓말.

그렇게 말하는
연인은 다
헤어진다더라.

그런 맹세는
하는 거 아냐.

나는 거짓말쟁이가
되고 싶지 않았다.
그녀가 말한 것처럼
되고 싶지도 않았다.

거짓말
아냐.

그럼 두고
보겠어.
시간이
지나면
밝혀질
테니까.

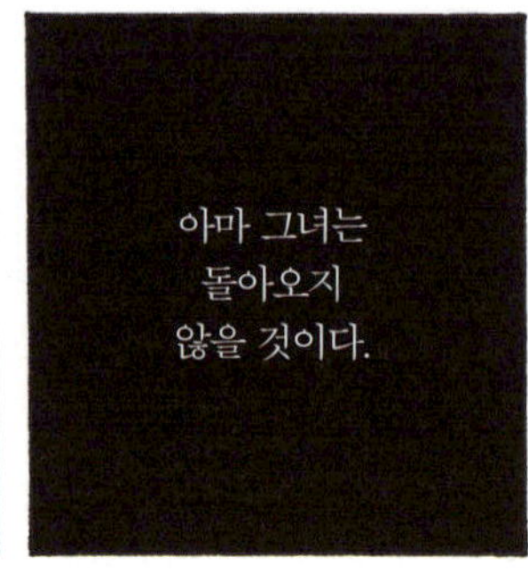

아마 그녀는
돌아오지
않을 것이다.

피익—

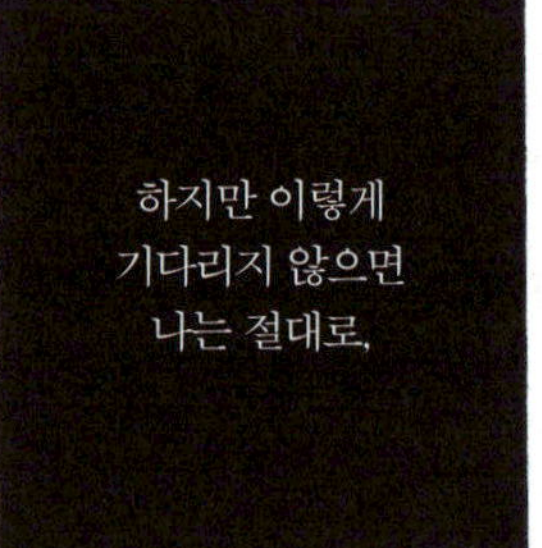

하지만 이렇게
기다리지 않으면
나는 절대로,

파지직

절대로 그녀를
내 마음속에서 보내지
못할 것 같은
기분이 들었다.

푸—

쓸데없는 오기였는지도
모르고.
아니, 원래
이런 성격인지도.

낭만은 개뿔.
난 그녀를
기다리는 게 아니라,

그녀가 내 마음에서
떠나기를 기다렸는지도
모르겠다.

치익—

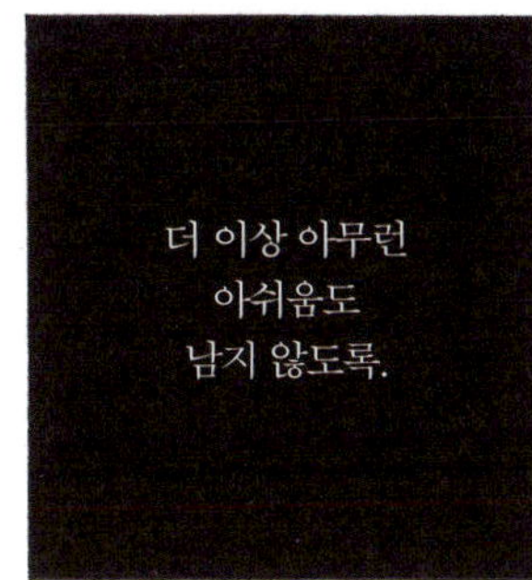

더 이상 아무런
아쉬움도
남지 않도록.

탁

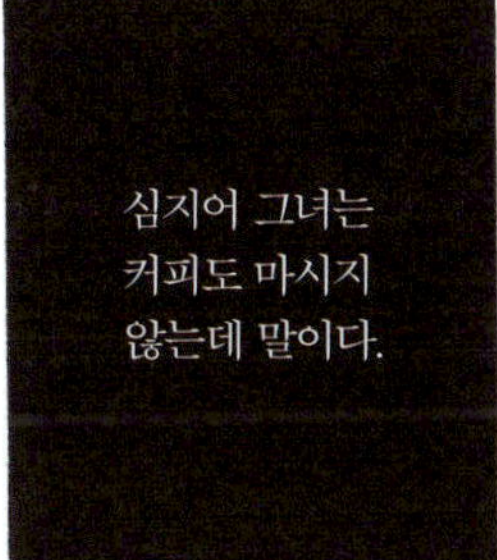

심지어 그녀는
커피도 마시지
않는데 말이다.

피식

짹
짹

으응

쏴아

위-잉

딸깍

탁
탁
탁

탁

탁
딸랑

눈이 그쳤다.

임시 휴업
불편을 드려
대단히 죄송합니다
close

종로구 부암동

40
1년 뒤

1년 뒤.

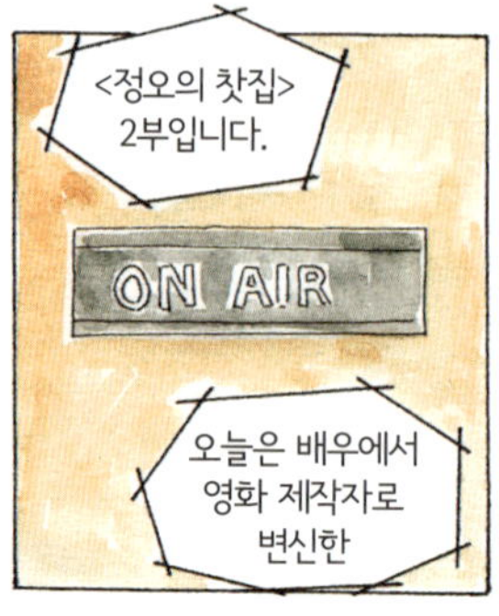

<정오의 찻집> 2부입니다.
ON AIR
오늘은 배우에서 영화 제작자로 변신한

강예나 씨와 함께하고 있습니다.
안녕하세요.

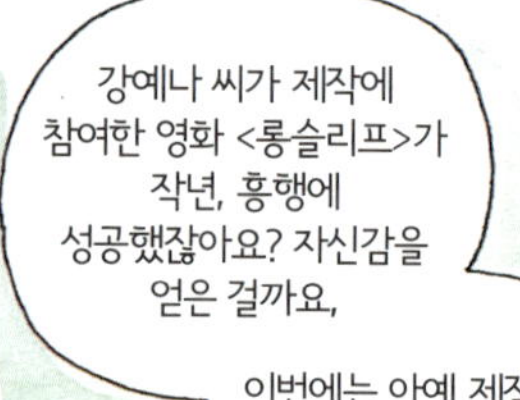

강예나 씨가 제작에 참여한 영화 <롱슬리프>가 작년, 흥행에 성공했잖아요? 자신감을 얻은 걸까요,
이번에는 아예 제작사를 차리고 차기작을 준비 중이신데,
그럼 다음 작품에도 직접 출연하시나요?

제작비 절감 차원에서 신중히 검토 중이에요.
제가 출연하면 공짜잖아요.

그건 그렇고, 예나 씨, 이젠 말씀해주실 수 있잖아요? 은희수 감독님과의 열애설 말이에요.

은희수 감독님과는 정말 깊은 인연이죠. 절 데뷔시켜주신 분이기도 하고, 또 제가 믿고 따를 수 있는 훌륭한 연출력을 가지셨어요.

아주아주 깊은 인연임에도 불구하고 애석하게도 거기에 애정은 빠졌어요.
무엇보다 은 감독님이 절 좋아하지 않아요. 하하.

<롱슬리프>에서의 크랭크업 포옹 장면은 어떻게 된 거예요?
그 사진이 시작이었는데.

하하. 그건, '은희수 감독님이 첫 촬영 때부터 지독하게 리테이크를 거는 아주 악마 같은 분이시거든요.
그런데 마지막 컷에서 첫 테이크에 오케이를 하시는 거예요! 너무 놀라고 기뻐서 그만….
볼 게 뻔뻔도 할 테니까 했는데
아, 얼마나 기뻤으면! 저라도 달려들었을 것 같아요. 하하.

조용한 그늘
어디라도 걸터앉아
아무 생각 없이
하늘을 올려다보고 있자면

시간이 흘러가는
소리가 들린다.

천천히
아주
천천히….

물론 어디에나
방해꾼이 있기
마련이지만.

딸랑

어서 오세요!

아무리 생각해도 한량이 따로 없네.
오늘은 또 어디서 놀다 온 거야?

그런 의미에서 오늘의 오므라이스 세트.
나 일하다 왔어. 밥 줘.

노는 게 일이라니 정말 부럽군.

부러우면 지는 거야.
옛말에도 있잖아.

야!
밥 줘!
끼익

그 옛말, 청출어람이더냐.

발전 없는 유머 센스 하고는. 그것도 이 집 메뉴더냐.

아, 희수 씨, 제이 씨 기사 봤어요?
유명한 사람이 됐어요!

그럼 미키 씨도 파리에 있는 건가?
미키 씨랑 연락은 해?
아, 그게…
파리… 인가..
아, 우리 파리에 가면 미키 씨랑 만날 수 있겠네요?
파리에 가?
여행?
아, 신혼여행.
저희 결혼합니다.
읔, 그럼 밥은?
양!
별떡
보통은 축하가 먼저 아니더냐.
그래, 그럼 희수가 가게 봐주면 되겠다. 너도 커피는 잘 내리잖아?
급화색
어머! 고마워라!
언제부터 부부사기단이더냐.
양

미야

첫사랑을 이루지 못했다고 평생 사랑하지 않는 것은 바보 같은 짓이다. 첫 번째 꿈을 이루지 못했다고 평생 꿈꾸지 않고 살아가는 것 역시 바보 같은 짓이다. 지금은 누구도 사랑하고 싶지 않다고 말할 수 있다. 하지만 앞으로 더는 꿈꾸지 않겠다고, 다시 사랑은 없다고 마음을 닫는 것은 그 누구에게도 이익이 되거나 복수가 되지 않는다. 마음속에 솜털만큼의 희망이 남아 있다면, 아주 어둡고 깊은 곳일지라도 0.1도의 사랑이 남아 있다면 두 번째 꿈을 꾸어도 좋다.

어쩌면 또 실패할지 모른다. 하지만 실망뿐인 과거의 자신을 빈틈없이 지키는 것이 과연 평생 아무런 꿈을 꾸지 못하는 것보다 나은 것일까? 그 누구도 사랑할 수 없는 것보다 가치 있는 것일까? 어두운 방에 혼자 처박혀 자신을 학대하는 사람에게 힘내라는 말은 하지 않겠다. 위로하지 않겠다.

하지만 당신이 이제 다시 걷겠다고, 함께 걷고 싶다고 말한다면 난 당신을 응원하겠다. 되도록 열심히 응원하겠다.

다시 사랑을 시작한 당신을 위해, 두 번째 꿈을 가진 당신과 나를 위해 힘껏 박수를 쳐주겠다. 있는 힘껏 박수를 쳐주겠다.

쥬드 프라이데이

41
미키로부터

희수 씨에게.

희수 씨, 잘 지내고 있나요?
포우도 건강한가요?
저는 지금 편지를 쓰고 있는 이곳,
도쿄에서 지내고 있습니다.
네, 저도 잘 지내고 있어요.

정신을 차려보니
서울을 떠난 지도
1년이 넘었네요.

2년 전 서울에 갔을 때처럼,
다시 일본으로 돌아오는
비행기 안에서,
저는 그때와 비슷한 크기의
기대와 불안으로
가슴이 두근거렸어요.

과연 내가 잘해낼 수 있을까,
내가 선택한 것에
후회를 하게 되지는 않을까,

누군가 나 대신 선택해주었던
시간들을 그리워하게
되지는 않을까,
하는 불안들이요.

이런 이유 때문인지
도쿄에 돌아온 처음 몇 주간은
초침이 시계의 원을 한 바퀴 도는
정도의 시간으로밖에
느껴지지 않았던 것 같아요.

우선 지낼 곳을 마련했고,
책상과 의자, 식탁과
가재도구들을 장만했죠.

스스로의 선택이 중요한 건
알겠는데, 가끔은 누군가
"자, 이게 좋겠다. 이걸 사"
하고 말해주면 좋겠다는
생각도 들더군요.
특히 물건을 살 때는 말이죠.

학교 선배의 도움으로
도쿄에 있는 몇몇 스튜디오에
면접을 볼 수 있었고, 지금 전
광고 사진을 전문으로 하는 곳에서
일하고 있어요.

사실 일을 한다기보다는
일을 배우고 있다는 게
더 정확한 표현이지만요.

광고 사진은 타겟이
아주 세분화되어 있어서

제가 느끼는 아름다움 이외에도
나이, 성별, 성향에 따라
각기 다른 미각(美角)을
찾아야 한다는 게
가장 어려웠어요.

그건 마치
'이게 제가 좋아하는 겁니다'가 아니라,
'바로 이게 당신이 좋아하는 거지요' 같은
느낌의 사진을 찍는 기분이랄까요?

이곳에서 '대장'이라고 불리는 선배는
제 고민에 이런 방법을 알려주더군요.

"모든 것의 시작은 언제나
주의 깊은 관찰이야."

다른 사람들에 대해 알고 싶다면
스튜디오 밖으로 나가
제가 사진을 보여주려는
사람을 찾고,

그 사람이 뭘 입는지
뭘 먹는지
어떤 음악을 듣는지
알아보라는 거죠.

“그런데
그럼에도 절대 잊지 말아야 할 건”
대장은 이렇게 덧붙였어요.

“그럼에도 절대 잊지 말아야 할 건
우선 자신이 무엇을 좋아하는지
무엇을 싫어하는지 알아야 한다는 거야.”

사진이란 건 선물과 같아서
자신이 싫어하는 걸 상대에게
선물해서는 안 된다는 거죠.

제게는 아주 풀기
어려운 문제였고,
그래서 늘 나머지 공부를
해야 했어요.

물론 아직도 그 문제를
풀고 있죠. 아마 제 손에
카메라가 들려 있는 동안은
계속 찾아야 할 거예요.

그리고 이건 사진뿐만 아니라
사람의 마음과도 많이 닮아 있어서,

누군가를 좋아하는 마음에도 역시,
자신을 먼저 좋아하는 마음이
없어서는 안 된다는 생각이
들었어요.

그래야 자신의 마음을
있는 그대로
전할 수 있다고 생각해요.

희수 씨,
우리가 삶 속에서 선택을 할 수 있는 건,
우습게도 선택에 대한 결과를 전혀
예상하지 못하기 때문일 거예요.

회사를 그만두고
서울로 사진 여행을 떠난 건
제게는 불확실로 가득 찬
결정이었어요.

하지만 새로운 길을
찾기 위해서는 반드시
잠시 걸음을 멈추고,

정면이 아닌
전혀 다른 방향으로
시선을 돌려야 한다는 걸
알게 되었죠.

물론 자신이 원하는 길을
찾았다고 해서 모든 고민이
단번에 해결되는 건 아니에요.

오히려 새로운 고민이
시작될 뿐이죠.

어제는 오랜만에 아빠한테
전화가 왔는데, 대뜸
"어때? 하고 싶은 일을 해도
그리 행복하지만은 않지?"라고
하시는 게 아니겠어요?

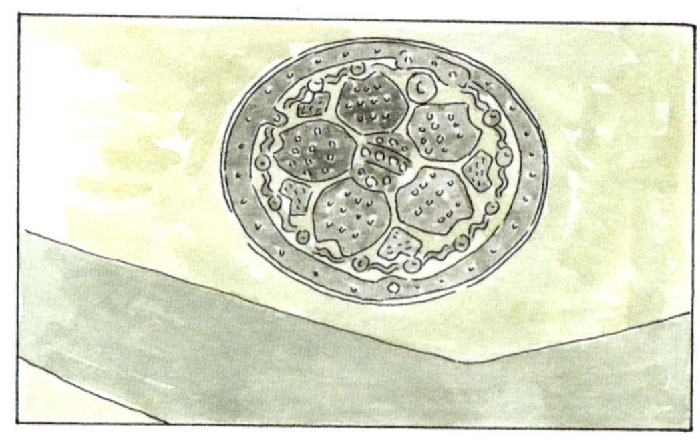

세상에, 악당이 따로 없죠?
하지만 맞는 말이에요.
하고 싶은 일을 하고 있다고 해서
늘 행복한 건 아니에요.

'행복'이란 말을 듣고
갑자기 우울해진 저는
"아빠, 사람은 역시
행복해지기 위해 사는 걸까?" 하고
물었죠.

아빠는 "사람은 행복해지기 위해
사는 게 아니라, 간간이 행복하기
때문에 살 수 있는 게 아닐까?"라고
대답해줬어요.

또 "행복은 어디에나 있는 거니까
놓쳐버린 것처럼 조급해 말고
하고 싶은 걸 계속하면 된다"며
전화를 끊었죠.

정말,
병 주고 약 주는 게 따로 없죠?

그리고…
이런 생각을
해봤어요.

자신의 미래에 대한 선택은
찰나의 행복을 위해서가 아니라
자기 자신에 대한 사랑이며
존중에 가깝다고요.

그거 아세요?
제가 이런 생각을 하게 된 데엔
희수 씨의 영향이 크답니다!
그리고 무척 고맙게 생각해요.

희수 씨, 그동안 연락하지
못한 점 정말 미안해요.
전화를 걸고 싶을 때마다
왠지 희수 씨 목소리를 들으면
마음이 약해질 것 같았어요.

그리고 그런 떨리는 목소리보다
제가 이곳에서도 잘해내고 있다는
모습을 먼저 보여주고 싶었어요.

매일 밤, 매 순간
보내고 싶었던 편지를,
이제야 보냅니다.

편지를 쓰는 건 늦은 밤이지만
희수 씨가 이 편지를 읽는 건
왠지 아침일 것 같아서,

굿나잇 혹은 굿모닝.

도쿄에서,
미키가 보냅니다.

추신.
스튜디오 일로 며칠간
서울로 출장을 가게 되었습니다.

오랜만에 희수 씨와 또 포우와,
오늘의 오므라이스를
먹고 싶네요.

그럼 그때까지 건강히!

309

피리리리

탁
튀―잉

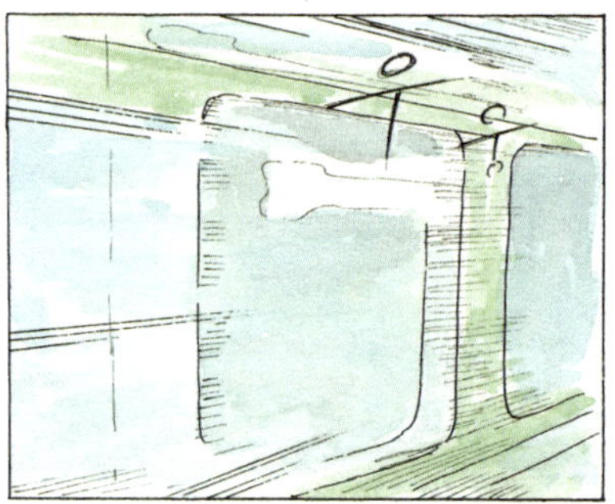

탁
나를
보내지 마

푸—
천재가
너무많아

인도에서 《길에서 만나다》를 연재하다가 1년 만에 귀국하여 연재하는 포털사이트 만화 담당자 분들과 미팅을 가진 적이 있다. 사실《길에서 만나다》는 시작부터 줄곧 인기 최하위를 달리고 있었기 때문에 애써 정식 웹툰으로 연재할 기회를 준 담당자들에게 늘 미안한 마음이 있었다. 그동안 내가 알고 있던 만화 편집자의 이미지를 떠올리며, 빨리 마무리하고 다른 작품을 준비해보라고 할 텐데 다음 작품은 뭘 써야 하나, 고민을 가득 안고 회사를 찾았던 것이다.

그런데 의외로 담당자는 "《길만》은 《길만》만의 매력과 독자층이 있으니 순위나 댓글 수에 너무 신경 쓸 필요가 없다"며 지금처럼 진행해달라고 오히려 응원을 해주었다. 그때의 미팅으로《길에서 만나다》는 처음에 가졌던 의도와 계획대로 끝맺을 수 있게 되었다. 그에 대해 포털사이트 웹툰 관계자 모두에게도 진심으로 감사의 마음을 전한다.

매주 연재되는 만화의 하단에는 200자 이내로 독자에게 보내는 짧은 편지, "작가의 말"이 있다. 이 작문 숙제는 연재 내내 날 괴롭혔는데, 마지막 회에서만큼은 오래전부터 마지막에 쓰려고 아껴두었던 글을 남겼다.

"《길에서 만나다》가 모두에게 최고의 만화는 아니었지만, 거기 어느 누군가, 단 한 명에게만큼은 최고의 만화였기를 기대합니다"라고. 다소 뻔뻔한 말이었지만 나는 진정으로 《길에서 만나다》가 누군가에게 그런 의미의 만화이기를 바라며 연재를 이어갔다.

　그리고 앞으로도 계속 그런 만화를 그릴 수 있기를 간절히 희망한다. 가장 쉬우면서도 가장 어려운 일이란 이런 걸 두고 하는 말이라는 생각도 들지만 말이다.

　마지막으로 지금까지 나를 믿고, 애정 어린 격려를 아끼지 않은 사랑하는 가족에게 세상에서 가장 진한 감사의 마음을 남긴다.

쥬드프라이데이

안녕하세요.
《길에서 만나다》를 쓰고 그린 쥬드 프라이데이입니다.

《길에서 만나다》(이하 《길만》)를 연재하면서 제작 과정이 궁금하다는 질문을 많이 받았습니다. 밝히기 부끄러울 정도로 원시적인 이 작업 방법에 대해 궁금해하는 사람이 많다는 건, 그만큼 종이 위에 원고를 그리는 작가가 줄어들고 있다는 거겠지요. 마치 가방 속에 CDP를 넣고 다니는 사람이 사라지는 것처럼요. 하지만 제가 종이 위에 원고를 그리기 시작한 것은, 애석하게도 아날로그에 대한 향수 같은 낭만적인 이유가 아니라 단지 시간이 없었기 때문이란 걸 먼저 밝혀두고 싶습니다.

《길만》을 시작할 당시 전 평범한 직장인이었습니다. 당연히 작업용 컴퓨터 앞에 앉아 있을 시간이 많지 않았죠. 별수 없이 남는 시간에 짬짬이 만화를 그려야 했습니다. 출퇴근 전철 안에서, 거래처 미팅을 기다리며, 점심시간에, 심지어 회식자리에서도 그랬죠. 시간이 나면 언제라도 그림을 그려야 했기에 이동과 보관이 편리하고 원고가 한눈에 들어오는 스케치북이 이상적이었습니다. 초반에는 스케치와 펜선은 종이 위에 그리고 채색은 포토샵을 사용했지만 야근이 늘면서 결국 채색마저도 수채물감을 쓰기 시작했어요. 어째서 컴퓨터를 사용하는 것보다 빠르냐고요? 일단 종이 위에 채색하면 수정할 수가 없어요. 그래서 빠르죠.

많은 사람이 자신이 하는 일을 인생에 비유합니다. 종이 위에 그림을 그리는 것도 삶과 비슷해요. 고민해야 하고 결정해야 하고 때로는 후회하죠. 작은 실수가 실패로 직결되기도 합니다. 정말 아차 하는 순간이지만 인생에 'Ctrl+Z' 따위는 없어요.

1. 시나리오

시나리오는 따로 형식을 두고 쓰지는 않습니다. 어차피 그걸 읽을 사람은 저밖에 없으니까요. 대부분은 항상 들고 다니는 수첩에 인물들의 대사를 중심으로 순서 없이 적어둡니다. 책상에 앉아 그 수첩을 펼쳐놓고서 이야기의 순서를 정하고 부족한 부분들을 메우며 그것들 사이에 다리를 놓으면 스토리 준비가 끝나죠.
가장 중요한 건 그다음입니다. 처음부터 끝까지의 전개를 머릿속으로 먼저 그려보는 거예요. 완성되었을 때의 느낌으로 말이죠. 이 과정을 통해 대사들 사이에서의 어색함을 발견할 수도 있고 작업 속도도 단축할 수 있죠.
문제는 무슨 내용을 쓸지 생각이 나지 않을 때입니다. 특히 마감이 얼마 남지 않았을 때, 그때부터 진짜 전쟁이 시작되죠. 생각이 나지 않을 때는 생각이 날 때까지 생각하는 수밖에 방법이 없어요. 생각을 하는 데 도움이 되는 게 있다면 산책, 그리고 커피 정도가 전부죠.

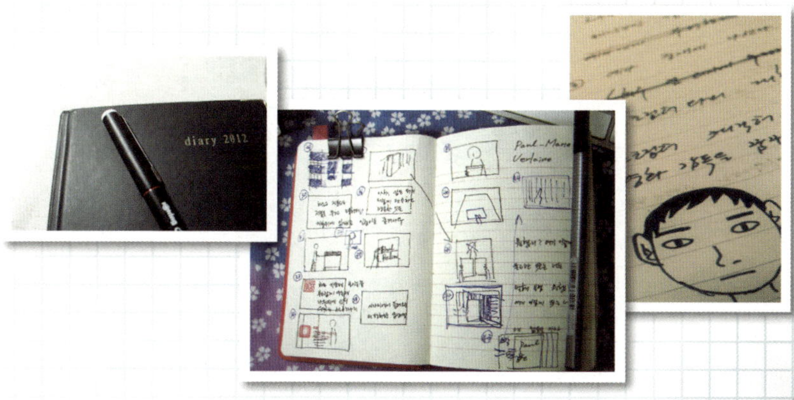

2. 러프

스토리 준비가 끝나면 스케치북 위에 가이드라인을 그려넣습니다. 컷과 컷 사이에 시간의 흐름을 만들어주는 거죠. 네모난 프레임 안에 그림을 그리면 왠지 답답하기도 하고 그렇게 예쁘지도 않아서 초기에는 쓰지 않았지만 많은 대사를 담거나 시간의 흐름을 표현하기에 아주 효과적이었죠. 그래서 전 조금 더 예쁜 화면보다 프레임을 택했습니다.

배경은 대부분 실제 서울의 장소들이에요. 지금은 인도에서 살고 있는데 이곳에 오기 전, 서울에서 아주 많은 사진을 찍어두었죠. 배경을 그리는 일은 정말 시간이 오래 걸리는 작업이에요. 때로는 온종일 그린 그림이라도 컴퓨터 화면에서 밑으로 내리는 데 걸리는 시간은 기껏해야 2초나 될까. 생각하면 가끔 맥이 빠지기도 하지만요.

가장 가벼운 마음이 드는 러프 작업이지만 사실은 가장 중요한 시간이기도 하죠. 이 만화가 어떤 흐름을 가지고 어떻게 보일지를 결정하는 순간이니까요.

3. 펜

러프 스케치가 모두 끝나면 이제 방수성 잉크로 펜 선을 넣습니다. 저는 주로 로트링 펜을 사용하는데, 굵기가 일정하고 스캔을 해도 선이 선명하죠. 하지만 펜촉이 잘 부러져 항상 주의를 기울여야 합니다. 길이 잘 든 펜에는 정이 든다고 하는데 전 그런 건 몰라요. 정이 들 만하면 부러져서.

4. 지우개질

가장 육체적인 노동력이 필요한 과정입니다. 말 그대로 연필로 그린 러프 스케치를 지우개로 지우는 작업이죠. 만화가의 문하생으로 들어가면 가장 먼저 지우개질하는 법부터 배운다고 하더군요. 종이가 약하기 때문에 부드러운 지우개를 써서 조심조심 연필 선을 지워냅니다.

5. 채색

수작업의 마지막 과정인 채색입니다. 보통은 수채용 물감을 그늘에 말렸다가 사용합니다. 액체 물감을 사용할 때보다 농도 조절이 쉬워 투명수채화를 표현하는 데 용이하거든요. 《길만》을 시작하며 구입한 플라스틱 팔레트를 사용하고 여행 중일 때는 고체 물감이 담겨 있는 작은 팔레트를 쓰기도 해요.

수채화의 장점은 넓은 면에 다채로운 색감의 변화를 줄 수 있다는 거예요. 혼색을 하기 때문에 미처 섞이지 않은 안료들이 종이 위에서 서로 조금씩 주고받으며 그 과정 속에서 마르죠. 수채화를 따로 배운 적은 없어요. 하지만 색과 색을 섞어보고 물의 양을 조절해보고 조금씩 알아가는 과정이 무척이나 재미있고 즐겁습니다. 하지만 모든 일이 그렇듯이 채색하는 게 늘 즐거운 것만은 아니에요. 매주 수십 컷을 그려도 정말 마음에 드는 컷은 아주 일부죠. 러프, 펜 선에 지우개질까지 열심히 했는데 채색이 엉망이 되면 한숨이 나와요.

6. 스캔, 보정, 사식

완전히 건조된 원고를 평판 스캐너로 스캔 받습니다. 수채화 전용지가 아닌 경우, 간혹 물을 많이 먹은 종이는 스캔 후에도 운 자국에 그림자가 생기죠. 스캔을 받은 그림은 포토샵으로 색 보정을 합니다. 그리고 대사를 넣은 뒤 다시 웹툰용으로 편집하죠.

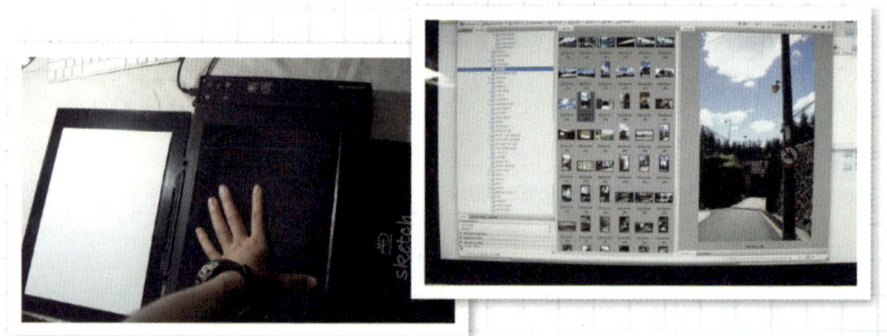

보셨다시피, 저처럼 만화를 그리는 건 그렇게 대단하거나 꽤나 멋진 일이 아니에요. 댓글을 보면 '이런 만화는 나도 그리겠다'는 독자 분이 있는데 솔직히 저도 전적으로 동감합니다.

회사에 다니며 연재 만화를 계속하는 건 쉽지 않았어요. 그래서 그만뒀죠. 물론 말처럼 쉬운 결정은 아니었죠. 퇴사 결정 뒤엔 퇴직금 외에도 따라오는 게 있어요. 불안과 기대. 그리고 여전히 그것들과 싸우고 있죠.

분명 《길만》이 한국 최고의 만화는 아닐 거예요. 하지만 저에게만큼은 《길만》이 최고입니다. 부끄럽기도 하지만 솔직히 자랑스럽기도 합니다. 만화를 보신 분들 중 한 명 정도는 "《길만》이 최고였어"라는 말을 들었으면 좋겠습니다. 덕분에 직장도 그만뒀지만 저와 제가 아닌 다른 누군가에게 의미 있는 시간을, 윤기 있는 시간을 만들어주었다면, 그건 꽤 괜찮은 결정이었다고 생각합니다.

하늘은 지붕 위로

폴 베를렌

하늘은 지붕 위로
저렇게 푸르고 조용한데
지붕 위에 잎사귀를
일렁이는 종려나무

하늘 가운데 보이는 종
부드럽게 우는데
나무 위에 슬피
우짖는 새 한 마리.

아하, 삶은 저기 저렇게,
단순하고 평온하게 있는 것을.
시가지에서 들려오는
저 평화로운 웅성거림.

뭘 했니, 여기 이렇게 있는 너는,
울고만 있는 너는,
말해봐, 뭘 했니? 여기 이렇게 있는 너는,
네 젊음을 가지고 뭘 했니?

미키와 희수,
2013년 6월 25일, 용산구 후암동에서

고맙습니다~

초판 1쇄 발행 2013년 6월 25일 초판 7쇄 발행 2019년 1월 20일

지은이 쥬드 프라이데이 펴낸이 연준혁

출판 2본부 이사 이진영
출판 7분사 분사장 최유연
디자인 김준영

펴낸곳 (주)위즈덤하우스 미디어그룹 출판등록 2000년 5월 23일 제13-1071호
주소 경기도 고양시 일산동구 정발산로 43-20 센트럴프라자 6층
전화 031)936-4000 팩스 031)903-3891 홈페이지 www.wisdomhouse.co.kr

값 12,000원 ⓒ 쥬드 프라이데이, 2013   ISBN 978-89-5913-739-8 17810
                                    978-89-5913-740-4 (SET)